열일하는
과금기사

열일하는 과금 기사 20

초판 1쇄 발행 2023년 12월 27일

지은이 ɪ 박건
발행인 ɪ 최원영
편집장 ɪ 이호준
편집디자인 ɪ 한방울
영업 ɪ 김민원

펴낸곳 ɪ ㈜ 디앤씨미디어
등록 ɪ 2002년 4월 25일 제20-260호
주소 ɪ 서울시 구로구 디지털로 26길 111 JnK디지털타워 503호
전화 ɪ 02-333-2513(대표)
팩시밀리 ɪ 02-333-2514
E-mail ɪ papy_dnc@dncmedia.co.kr
블로그 ɪ blog.naver.com/gnpdl7

ISBN 979-11-364-5056-2 04810
ISBN 979-11-364-2823-3 (SET)

※ 저자와 협의하여 인지는 붙이지 않습니다.
※ 이 책은 ㈜ 디앤씨미디어(파피루스)가 저작권자와의 계약에 따라 발행한 것으로 본사와 저자의 허락 없이는 어떠한 형태나 수단으로도 내용을 이용할 수 없습니다.

박건 판타지 장편소설

열일하는
과로기사

Papyrus Fantasy Story

chapter1. 새로운 용신의 탄생 · 7

chapter2. 황제의 귀환 · 91

chapter3. 새로운 게임의 시작 · 183

chapter4. 연결 · 239

chapter1.
새로운 용신의 탄생

chapter1.
새로운 용신의 탄생

'성장 자체가 꿀잼인데 그걸 모르시네.'

물론 나라고 이 모든 고통이 마냥 아무렇지도 않은 것은 아니다. 녀석의 저주가 내 육신을 파고들 때, 녀석의 저주가 내 정신과 영혼을 모독할 때 나 역시 엄청난 고통과 스트레스를 느끼니까.

그러나 견딜 만하다.

나라고 이 모든 고통을 온전히 정신력 하나로 견디는 건 아니니까.

'그러고 보면 가장 어두운 절망이 두 번째 게임인 것도 운이 좋았지.'

내 힘의 근간은 두말할 것도 없이 리벤지지만, 가장 어두운 절망도 무시할 수 없는 비중을 가지고 있다.

내 내면세계에서 효과를 발휘하고 있는 아티펙트 이야기가 아니다.

스트레스 블레이드(Stress Blade).

원래도 멘탈이 좋았지만 스트레스 블레이드를 얻은 이후의 내 정신력은 그야말로 인세를 초월한 수준이 되었다.

고통, 슬픔, 괴로움에 대응하는 모든 정신, 육체적 반응이 바로 스트레스이며.

나는 그 모든 것을 응축시켜 마음의 검을 벼려 내는 데 성공했기 때문이다.

[그그극…….]

"그나저나 요새 좀 과도하게 쌓였나."
"……쌓여요?"

난데없는 말에 고개를 갸웃거리는 힐링에게 적당히 손을 흔들어 준 뒤 두 눈을 감고 내면에 집중한다.

[그극…… 그그극…… 키긱…….]

마음속의 스트레스 블레이드가 무시무시한 살기와 광기, 혼돈과 고통의 아우라를 뿜어내고 있다.

보통의 인간은 이런 걸 가질 수도 없겠지만, 혹여 가지게 된다 하더라도 영혼과 정신이 다 침식되어 죽고 말 것이다.

원래 이 정도까지는 아니었는데 시간이 지나면 지날수록 쌓이는 스트레스에 초월자는 물론이고 자연경에 이른 고수라도 버틸 수 없는 수준이 되고 말았다.

'물론 나랑은 상관없지.'

내 내면세계는 너무나 광활해 이런저런 방식으로 소모하고 있는 리소스를 제외해도 항성계 이상으로 크다.

스트레스 블레이드가 폭주한다 하더라도 행성 하나 정도 고통과 광기의 대지로 만들 정도에 불과하다는 걸 생각해 보면 더더욱 그러하다.

'그렇다 해도 너무 많이 쌓였군. 좀 쉬게 되더라도 공격을 해 봐야겠어.'

그렇게 생각을 정리한 후 눈을 뜨자 하모니가 다가와 보고 한다.

"폐하, 레드 후크에서의 보고입니다."

"벌써 팀이 완성되었나? 다들 열심이네."

"폐하의 은총을 받을 수 있는 몇 안 되는 기회니까요."

몸을 일으킨다. 몸 상태가 완전히 만전은 아니었지만 일정을 진행하기에는 충분하다.

"바로 가지."

고개를 끄덕인 후 시간의 속성력을 발동, 주변을 뒤덮고 있는 마법진에 간섭, 마법진 안의 시간 가속을 풀었다.

 아직 숙련도가 떨어져 3~5배 정도밖에 가속할 수 없고 마나의 소모도 엄청 나지만…… 권능, 무한대(無限大)와 영원의 푸른 별, 신맥(神脈)을 가진 난 어렵지 않게 감당할 수 있다.

 "피곤하실 텐데 좀 주무시기라도 하는 게……."

 "잠은 무슨. 그리고 나도 쉴 겸 하는 거야. 몸에 누적된 피로도 회복해야 하니."

 그렇게 말하고 땅을 박차 단숨에 아르데니아의 계면(界面)에 도달한다.

 로그아웃 해 레드 후크로 다시 로그인 하는 게 편하겠지만 괜히 나갔다가 저주 한 방 더 맞으면 기분만 나쁘다.

 팟.

 레드 후크 영지 중앙에 설치한 탑에 도착한 나는 천도복숭아 나무에 몸을 기댄 후 즉시 [몰입]을 시작했다.

 -시작한다.

 "헉! 황제 폐하!"

 "충성. 강재연입니다!"

 "김연경입니다……!"

 나는 내 모습이 보이지 않음에도 일어서 경례를 하는

파티원들을 살폈다.

'꽤 전형적인 조합이네.'

대기사, 쉐도우 스토커, 천하대장군, 현자…….

이들은 [클래스]를 가진 존재들이지만 레드 후크로 넘어오는 순간 모두 잠기기 때문에 던전을 오가며 새로운 스펙을 쌓아야 한다.

그리고 여기에서 4차 전직을 완료해 최후의 던전에 도달하면.

그때 그들은 내 '지휘'를 마주하게 된다.

나는 언제나와 같이 안내 사항을 공지했다.

-내 힘으로 초월의 경지에 오르게 되면 더 이상의 성장이 불가능하다는 걸 알고 있겠지?

"물론입니다, 폐하. 솔직히…… 제 재능은 완성자에도 아슬아슬하지요."

"여기까지 올 수 있었던 것만 해도 황제 폐하의 은덕입니다."

"초월자가 되고 싶습니다! 초월지경에 오르면 저도 특급 엔지니어가 될 수 있으니 인급 기가스. 아니, 성급 기가스를 만드는 팀에 들어갈 겁니다!"

내 경고에 익히 예상하고 있었던 듯 기운차게 대답하는 플레이어들.

그 확답을 들었기에.

chapter1. 새로운 용신의 탄생 〈13〉

-그럼 가라.
"시작하겠습니다."
"들어간다!"
파티가 가장 어두운 미궁으로 들어간다.
[끼이익--!]
[꺄아아악!]
괴성을 내지르는 역병아귀들을 만난다.
[죽여! 죽여! 죽여!]
[위대한 존재시여! 오오! 심연이시여!]
 살인자를, 악신을 모시는 사제를, 죽음에서 일어난 기사와 군대를 만난다.
 가장 어두운 미궁은 최종 던전답게 끔찍한 난이도를 가지고 있어 아르데니아에서 수십 년. 레드 후크에서 십 년 넘는 수행을 거친 플레이어들에게도 공포와 절망을 안겨 주기에 충분한 장소다.

[영웅의 의지가 시험받고 있습니다…….]
[영웅의 의지가 시험받고 있습니다…….]
[영웅의 의지가 시험받고 있습니다…….]

 당연히 스트레스가 차오른다. 최후의 던전에 들어올 때 그들이 평소 사용하던 액세서리를 모두 빼 버리고 극단적인, 그러니까 스트레스 증가량을 대폭 늘리는 대신 강대한 성능을 가진 액세서리로 바꿔 낀 상태이기 때문이다.

"으…… 아…… 아아……!!"

극도로 차오른 스트레스에 대기사 녀석의 눈이 뒤집힌다. 광기가 골수까지 차오르고, 그의 정신이 거대한 압력 속에 짓눌리는 과정.

[영웅의 의지가 시험받고 있습니다…….]

"으, 아아! 나는, 나는 더 못해! 이 빌어먹을 시험 대체 언제 끝나는 거야……!"

[이기적…….]

"어이쿠. 안 되지."

스트레스 블레이드를 휘둘러 녀석의 스트레스를 잘라낸다.

녀석의 스트레스가 강제로 진압되고 잡아먹히자, 뒤집혔던 녀석의 눈이 돌아온다.

"허억……! 허어억! 여, 여긴 어디? 나는…….."

"재연! 정신 차리고 다시 싸워!"

"으형…… 흑흑…… 차라리 미치게 해 줘……."

피를, 저주를, 던전의 광기를 뒤집어써 미쳐 가는 플레이어의 정신줄을 스트레스 블레이드로 붙잡아 강제로 굴린다.
 그들은 반쯤 정신이 나간 채 미쳐 가다가, 강제로 원상복구되었다.
 당연하지만 그 모든 과정은 고통이다.
 이 과정, 그러니까 플레이어들 사이에서 지옥대로(地獄大路) 행진(行進)이라 불리는 과정은 신청 조건도 까다롭지만 통과도 결코 쉬운 일이 아니다.
 그러나 그럼에도.

[많은 이들이 절망에 마주해 무너지지만.]

"떴다."
 결국 그 이벤트가 뜬다.

[이자는 아니다.]

"아. 이 쿠크다스 놈들 드디어 떴네."

[……적어도 오늘만큼은.]

 마지막 문구와 함께 몸을 수그렸던 플레이어가 두 눈을

번쩍이며 고개를 든다.

 [영웅의 기상!]
 [극도의 집중(Super Focused)!]

 기가스 엔지니어로 정점에 오르고 싶다는 현자를 시작으로 파티원들이 각성을 이어 나간다.
 확률은 낮지만, 상관없다.
 이는 리벤지의 뽑기와 같다.
 "계속 뽑다 보면 뜨지."

 [불굴의 의지(Indomitable Spirit)!]
 [극도의 집중(Super Focused)!]
 [진리(眞理)의 법열(法悅)!]

 고오오오!!
 던전의 몬스터를 죽지 못해 죽이던 플레이어. 아니 '영웅'들의 눈이 형형히 빛난다.
 그들은 조금 전의 파티와 완전히 다른 존재다.
 자신의 운명을 벗어난 초월자이기 때문이다.
 그 뒤의 과정은 뻔하다.

―뒤틀린 바다의 신이 가라앉는다…… 그러나 이것으로 세상이 평화를 되찾는 일은 없을 것이다.
―그러나 일단은 축배를 들도록 하자. 죽음이 하루 더 유예되었으니.
―우리는 계속 살아갈 것이다.
―가장 어두운 절망 속에서.

클리어 문구는 뜨지 않는다. [업데이트]가 된 상태에서 이 부분을 굳이 말하자면 1챕터 완료에 가까우니까.

나는 또 한 팀의 초월자를 양산하고 몰입을 풀었다.

"순조롭네."

아르데니아는 끝없이 발전하고 있다. 자연 초월자는 더 이상 생기지 않았지만 300명 이상의 양산 초월자가 탄생했고 아낌없이 훔쳐 낸 지식으로 기가스 부대를 생산해 낼 정도로 과학 기술이 발달했다.

이 정도면 대우주로 쳐도 3문명 상위의 전력.

그뿐이 아니다.

상급 신의 저주와 공격을 치료하느라 치유술과 정화술이 나조차 가늠이 안 될 정도로 발전했고 국가의 기본 성향이나 다름없는 던전 공략으로 평균 레벨이 30이 넘을 정도.

팟!

레드 후크를 벗어나 내면세계로 나간다.

나간 김에 통신실에서 사랑을 만났다.

"별일은 없어?"

"네 부하였던 검황이라는 녀석이 스프링 연방의 황제가 되었데."

스프링 연방.

나도 용병일을 하며 몇 번이고 방문했던 문명이다. 사람을 포함한 아인종은 물론이고 인간과 동떨어진 온갖 외계종. 심지어 수인이나 요정족까지 집단을 이루고 있는 다수의 문명으로 이루어진 제국급 세력이다.

그 태생이 황제를 거부하는 세력이지만…… 대우주적인 위기 앞에서는 어쩔 수 없던 모양이다.

"오. 98지구를 못 벗어나지 않을까 했는데 황제 클래스쯤 되면 어떻게든 방법을 찾는군."

놀라운 소식이다. 아마 환골탈태를 활용하거나 원영신 같은 걸 완성한 모양인데.

"……기분 나쁘지 않아? 네 부하였다면서."

"솔직히 좀 고깝긴 하지. 나한테 받을 거 다 받아 놓고 바로 튀었잖아?"

역마차를 타면 언제든 아르데니아로 돌아올 수 있는데 절대 안 들어오는 것도 그렇다.

아마 들어오면 나한테 처맞고 못 나갈지도 모른다고 생

각한 모양이다.

'하긴 천성이 그런 캐릭터긴 했지.'

남궁일검은 야망에 불타는 캐릭터고 리벤지 스토리에서의 역할도 굳이 말하자면 빌런에 가깝다.

악인은 아니지만 누가 자기 위에 있는 걸 참지 못한다고나 할까?

여태까지 참은 것도 내가 너무 절대적인 강자라 어떻게든 인정했다고 할 수 있다.

"그럼 나가게 되면 싸우는 거야?"

"그렇게까지 할 필요는 없지. 물론 싸우면 바로 잡겠지만 명색에 황제 클래스인데."

사실 황제 클래스쯤 되면 누구 밑에 들어갈 만한 수준은 아니다. 그리고 무엇보다.

"그렇게 나가 있어도. 독립된 황제 클래스가 있으면 좋지."

지금이 만약 평시였다면 녀석은 황제가 되어 대우주에 이름을 떵떵거리며 살았을 것이다. 어디 봉인되어 있던 신이라도 건드리지 않는 이상 문제가 생길 일이 없는 게 황제라는 존재.

그러나 지금은 평시가 아니고.

대우주는 결코 안전한 세상이 아니다.

"황제로서…… 자기 역할을 할 거란 말이야?"

"야망이 있는 만큼 성실한 성격이거든. 어쨌든 고마워. 쉬고 싶을 때 이야기하고."

그 말을 끝으로 아르데니아에 돌아온다.

"로그아웃."

다시 싸움을 시작할 시간이었다.

* * *

시간이 흐른다.

멸망하는 세력과 문명이 점점 많아진다.

시간이 흐른다.

몬스터의 수가 점점 늘어난다. 미궁의 할당량은 슬슬 버틸 수 없는 수준으로 치닫고 있었다.

시간이 흐른다.

시간이 흐른다.

"아."

새로운 검황. 남궁일검은 신음했다.

"아닌데……."

처음에는 좋았다. 그가 새롭게 자리 잡은 곳은 그가 꿈에서도 그리던 곳이었다.

드넓은 우주에서도 [제국]이라 불리는 곳.

그 구성원도 10조 명이 넘는다. 그 위대한 황제의 인류제국조차 숫자로 치면 남궁제국에 감히 비할 바가 못 되는 수준이니, 영겁과도 같은 시간 동안 외로움을 곱씹던 시기와는 비교조차 할 수 없는 영광.

그러나 그 영광에는 대가가 있다.

[어리석은 자. 우둔한 자. 신의 이름 앞에 굴복하라!]

그는 자신 앞에 있는 여인을 보고 쓴웃음을 지었다.

"이게 아닌데……."

[32레벨]
복수의 여신 모리안

까마귀 날개를 달고 있는 절세의 미녀를.

"짜증 나는군……."

이길 수 없는 적은 결코 아니다.

경지로만 치면 비등하거나 밀릴 수도 있겠지만, 아르데니아의 '플레이어'들은 같은 경지라면 무조건 상대방을 압도하는 존재이기 때문이다.

레벨, 컬렉션, 수호령으로 이루어지는 스펙업.

스킬, 장비, 특성으로 지원받는 보정.

거기에 펫으로 이루어지는 동료 소환 능력까지.

'펫 놈들이 말을 잘 안 듣는다는 게 함정이지만.'

지금의 남궁일검은 [검황] 클래스의 기억 때보다 훨씬

더 강한 존재.

 그는 긴 시간 동안 숱한 황제 클래스의 적들을 해치우며 스프링 연방, 아니 남궁제국을 지켰다.

 연방인들은 연방이었던 자신의 머리 위에 갑자기 군림하기 시작한 황제를 마음에 안 들어 했지만…… 그들을 위해 무지막지한 무력을 휘두르는 그의 활약을 인정할 수밖에 없었다.

 자유와 평등을 울부짖는 건 평화로운 시기에나 가능한 일.

 매일 반복되는 학살과 패퇴 소식에 절망하고 있던 그들은 황제의 활약에 열광했고, 그 모든 찬사와 숭배는 남궁일검을 기쁘게 했다.

 그러나 그런 기쁨에도.

 한계가 있다.

 "끝도 없이 오는군……."

 그렇다. 끝이 없다.

 이 무한한 전투에는 말 그대로 아무런 기약이 없었으며, 제국은 남궁일검을 위해 모든 걸 제공했지만 단 하나. [시간]만큼은 제공하지 못했다.

 제국은 거대한 만큼 지켜야 할 대상이 많았고, 남궁일검의 몸은 하나였으니까.

 뿌득!

[큭! 필연적인…… 마지막을…….]

치열한 전투 끝에 모리안의 심장에 이기어검을 박아 넣는다.

피해는 적지 않다. 이제는 제국의 황제가 된 남궁일검에게는 수천의 전함과 기가스들이 있었지만, 모리안 또한 무수히 많은 몬스터를 이끌고 왔기 때문이다.

"수고하셨습니다."

"엄청난 전투였어요!"

귀환한 남궁일검은 아름다운 외모를 가진 여인들의 환대와 치료, 그리고 축복을 받았다.

무희나 창기 같은 복장을 하고 있지만 그녀들은 수준 높은 치유술사이거나 각각의 문명에서 성녀라 불리는 인재들.

그러나 아르데니아 출신인 남궁일검의 눈에는 부족하다.

'역시 한계가 명확하군. 아르데니아의 치유사들은 신들의 저주조차 해제하는데 이만한 숫자가 모여도 황제급 공격을 완치하지 못하니…….'

그러나 어쩔 수 없는 일이다.

지금 이만한 수준도 미궁이 생겨나며 그들이 직업과 특성을 얻었기에 가능한 일.

신들이 만든 미궁은 틀림없이 제 역할을 하고 있다.

만약 대우주의 전력이 과거와 그대로였다면 이미 우주는 몬스터들에 의해 멸망하고 말았을 것이다.

"폐하."

그런데 그때 남궁일검에게 축복을 쏟아 내던 여인 중 하나의 얼굴이 변한다.

"폐하. 저희 공국에 황제 클래스 백우가 등장했습니다."

"……하. 방금 돌아왔는데 말인가?"

"중급 초월자는 괴물입니다, 폐하, 폐하가 아니라면 제국은……."

"……."

남궁일검은 가만히 눈을 감았다.

"나에게는 휴식이 필요하다, 종려. 내가 녀석들보다 강한 건 사실이지만, 그렇다고 해서 손쉽게 해결할 수 있는 건 아니야."

그가 바라던 삶이다.

본래의 남궁일검이나 신화 클래스 검신 남궁일검도 그랬지만, 무엇보다 유일의 검황 남궁일검이 그랬다.

맞서 싸울 적.

그리고 그의 뒤에서 그를 위해 열광하는 수많은 존재.

그것이야말로 모든 인류가 멸망한 아르데니아 속에서 오직 홀로 존재하던 검의 황제가 꿈에도 그리던 세상.

그러나 이를 위해 매일 두 명 이상의 황제 클래스와 싸워야 한다면 이야기가 다르다.

'믿을 수 없군······.'

소모가 보람을 넘어서고 있다.

'황제 당신은 어떻게 이렇게 살 수가 있던 거지? 수십, 수백 년 동안?'

그의 꿈이 삐걱거리고 있었다.

* * *

삐걱거림은 비단 남궁일검만의 일이 아니었다.

"못 해 먹겠군."

우아한 모습으로 차를 마시던 미남이 웃는다. 참을 수 없는 것은, 이렇게 차를 마시는 게 거의 반년 만이라는 사실이다.

"나는 여기까지 하겠다."

-크륵······ 마, 마왕님?

거대한 덩치의 마족공이 깜짝 놀라 돌아보았지만, 사내는 눈 하나 깜빡하지 않는다.

"마왕은 무슨. 이게 마왕이 할 짓이냐? 따분하면 천 년도 자던 내가 쉴 시간도 확보할 수 없을 지경이라니."

먼지 한 톨 안 묻은 새하얀 양복을 걸치고, 수려한 외모를 지닌 사내의 등에는 대천사의 상징이라는 12장의 날개가 달려 있다.

물론 그가 정말 대천사는 아니다. 그는 천신을 등지고 마신에게 귀의한 존재이기 때문이다.

타천사 루시퍼.

흔히 타락의 마왕이라고 불리는 존재가 결국 파업을 선언한다. 왜냐하면 알고 있었기 때문이다.

"이건 안 끝나. 모르겠나?"

루시퍼가 뒤틀린 미소를 지었다.

"그에게 우리가 그저 한 줄기 상념에 불과하듯…… 그녀에게 우린. 심지어 천신과 마신님조차 그저 장난감일 뿐이라고."

그를 시작으로 마왕은 물론이고 대천사들마저 서서히 던전에서 손을 떼기 시작한다.

단지 그들이 근성이 모자라고, 의지가 박약해서만은 아니다.

그저 그들은 깨달았을 따름이다.

자신들의 이 모든 투쟁과 희생이.

그저 영원히 이어지는 시간 끌기에 불과하다는 것을.

-차원 폐쇄 절차를 진행 중입니다. 129초. 128초. 127초……

천계와 마계의 분위기가 뒤숭숭하지만 사실 그들은 양반이라 할 수 있다.

 그나마 '선택'을 할 수 있는 입장.

 황제 클래스가 없는 대우주의 세력들은, 선택조차 하지 못한 채 몬스터들의 군대에 유린당하고 있다.

 대우주에 이름을 떨치던 우주문명들조차 그 현실에서 벗어나기 어려웠다.

 "결국 이렇게 되는 건가……."

 나태석 PD는 씁쓸한 눈으로 차원 소용돌이에 휘감기고 있는 거대한 행성의 모습을 바라보았다.

 그곳은 프라야나 헤븐.

 대우주를 호령하던 초월종 중 하나인 프라야나족의 고향으로, 초월에 실패한 수많은 프라야나족의 영혼이 뭉쳐 만들어진, 영능학적으로 드래고니안에 비견되는 우주의 영지(靈地).

 그러나 드래고니안과 그들과는 결정적인 차이가 있다.

 '용종들에게는 다수의 황제 클래스가 있지만…… 우리는 그렇지 못하지.'

 초월자 숫자 자체는 결코 모자라지 않지만 프라야나족에게는 본질적인 한계가 존재한다.

 드래곤 하트라는 권능에 가까운 영능기관으로 대마법사의 경지에 오르는 드래곤들과 달리 그들의 초능력은 그 발전 방향에 분명한 한계가 존재하기 때문이다.

때문에 프라야나족들은 수련을 계속하기보다 대우주로 퍼져 나가 자신의 힘으로 직접적으로 활약해 영향력과 부를 확보하는 방향으로 발전해 왔다.

실제로 나태석 자신도 스스로의 영능을 가다듬기보다는 방송국 PD로서의 꿈을 펼쳐오던 상황이 아닌가?

그 방식은 결코 나쁘지 않았다. 어떤 면에서는 용족들보다 더 성세를 자랑하는 것이 바로 프라야나.

무엇보다 프라야나족은 매우 귀엽지 않은가?

농담이 아니라 그들의 귀여운 외모는 그들이 대우주 대부분의 세력에 어렵지 않게 녹아들 수 있게 만든다.

"그렇게 많은 돈을 벌고, 영향력과 세력을 키우고 무기를 개발했는데도…… 결국 힘의 부족이 발목을 잡는군."

"장로님."

갈색빛 털의 우아하고 귀여운 외모의 고양이가 차분한 분위기로 프라야나 헤븐을 보고 있다.

34지구의 글로벌 식품기업 누텔의 대표로 거대한 부와 명망을 가지고 있는 그였지만…… 우주적인 재앙 앞에서는 아무 소용이 없었다.

"아, 태석. 초월의 경지에 올라섰던데. 축하해."

"아닙니다. 장로님. 떠밀림 당했을 뿐인데요."

"살아남은 게 대단한 거지. 수많은 프라야나족이 죽었

는데……."

 신들이 강행한 [떠밂]으로 프라야나가 받은 피해는 실로 어마어마하다.

 어쩔 수 없는 일이다.

 종족 특성상 프라야나족은 세상 그 어떤 세력보다 [벽]에 가로막힌 이들이 많았기 때문이다.

 그르릉…….

 초코의 입술이 들썩이며 그의 귀여운 외양과 어울리지 않는 저주파가 흘러나온다. 태석은 퍼져 나가는 살기에 털이 삐쭉 서는 것을 느꼈지만 감수했다.

 요번 떠밀림으로 초코가 아끼고 사랑하던 자식 일곱이 모조리 죽었다는 사실을 알고 있었기 때문이다.

 '거의…… 대학살이지.'

 떠밀림으로 그나마 살아남았던 프라야나족의 80%가 사망했다.

 복수는 불가능하다.

 그 일을 한 것이 위대하고 고고한 신계의 신들이기 때문이다.

 '신들이야 대우주를 지키기 위한 선택을 한 것이겠지만.'

 그러나 그 과정은 프라야나족에게 끔찍한 참사.

 그로 인해 프라야나족이 유례없는 수의 초월자를 보유

하게 되었다고 해도 그 피해가 사라지는 것은 아니다.

―차원 폐쇄 절차를 진행 중입니다. 8초. 7초. 6초……

고고고……

차원이 접히며 프라야나 헤븐을 집어삼킨다.

"이걸로…… 세력으로서의 프라야나는 끝이군."

"언젠가 되찾을 수 있을 겁니다."

"그걸 되찾는 것조차…… 신들의 도움이 없다면 힘들단 말이지."

프라야나족은 초월지경에 도달한 강자들을 제외한 모든 동족을 차원의 틈에 유폐시켰다.

절대적으로 안전하지만 세계에서 반쯤 벗어난 공간.

대우주에 남은 프라야나의 강자들이 폐쇄를 풀지 못하면 그들은 차원의 틈에서 쓸쓸히 소멸할 것이다.

"일단은 게임 신에 걸어 보는 수밖에요."

"잘 모르겠군…… 물질계에서 가장 자유롭던 신이 최근에는 모습조차 보기 힘드니."

"그래도, 할 수 있는 만큼은 해 봐야 합니다."

"그렇지. 멸망하기 싫다면……."

시간이 지난다.

재연이, 황제가 없는 채 시간이 지난다.

균열은 점점 커져만 간다. 초창기에는 어떻게든 몬스터의 공격을 막아 내던 지성체들이 하나둘 무너져 내리기 시작했기 때문이다.

 세상 모든 것에는 한계가 있다. 물리적으로 확인이 불가능한 [정신] 역시 마찬가지.

 게임의 형태를 취하고 있지만 던전은 결코 놀이가 아니다.

 그것은 극한의 스트레스고, 고통이고, 아무리 좋게 쳐줘 봐도 노동의 영역을 벗어나지 못하는 행위.

 굳이 비유하자면 가혹한 일정의 노동과 같다.

 새벽 4시에 일어나 업무 준비를 하고 오전 6시에 출근해 시작하는 노동.

 심지어 위험도 존재한다. 난이도 자체는 높지 않아 정신만 바짝 차리면 괜찮지만, 방심하는 순간 팔다리가 잘리거나 죽을 수도 있는 일!

 일이 끝나는 시간은 자정이며, 다시 새벽 4시에 기상해야 한다.

 불가능한 일은 아니다.

 젊고 기력이 넘친다면, 많은 돈이 필요하거나 야망이 있다면 충분히 버틸 수 있는 일정!

 그러나 그 일정을 10년 넘게 해야 한다면 어떨까?

 100년이라면?

그리고 어쩌면…… 천 년 만 년이 지나도 안 끝날지도 모른다면?

 취미생활을 할 시간도 없고 달라지는 것도 없는 그런 삶이 계속 반복된다면 노동자는 마침내 깨닫게 된다.

 이런 삶은.

 굳이 살 의미가 없다는 것을.

 문제는 그뿐이 아니다.

 아무리 난이도가 높지 않더라도 위험한 일을 무한히 계속하다 보면, 반드시 한 번은 실수가 나오기 때문이다.

 "큭……."

 "검선(劍仙)!!"

 "이런……! 정신 차리게!"

 대우주 누구보다, 심지어 인황이라 불리던 재연을 따라잡을 정도로 열심히 던전을 돌던 검선 여동빈이 치명상을 입고 던전 공략을 멈췄다.

 그는 강대한 무력과 정신력을 가지고 있는 존재였지만 어쩔 수 없었다.

 그가 황제급 클래스 중에서도 강하다곤 하나 황제급 몬스터가 마냥 만만한 적도 아니다.

 방심 혹은 불행으로 인한 사고는 일어날 수밖에 없다.

 "라파엘!"

 "이런, 안 돼……!"

끝까지 싸우던 대천사 하나가 죽었고.

"엄마! 엄마 괜찮아요!?"

"이런. 플라워! 정신 차려……!"

"안 돼. 죽었어……."

드래고니안을 공격하던 황제급 몬스터들을 상대하던 용황의 세 번째 머리가 숨을 거뒀다.

물론 그건 진짜 죽음이 아니다. 용황의 다섯 머리는 동시에 죽지 않으면 부활하는 힘을 가지고 있었기 때문이다.

그러나 부활했을 뿐.

전쟁여신의 저주를 받은 세 번째 머리는 어떤 수를 써도 눈을 뜨지 못했다.

* * *

"아."

로그아웃을 하려다 나도 모르게 멈추고 신음했다.

영하 270도의 평균온도를 가지고 있던 다크스타의 우주는 금낭이 끊임없이 쏟아내는 태양에 시달리다 영하 110도까지 올라가고 말았다.

올라간 것은 온도뿐이 아니다.

권능주문, [아폴론의 꺼지지 않는 태양]의 힘은 상대의 힘을 억제하고 우리의 힘을 키우는 것인 만큼 슬슬 다크스타의 권능에 부하가 걸리기 시작한 상태.

다크스타도 악을 쓰며 버티는 만큼 만만치 않지만 시간만 충분하다면 결국 이길 수 있는 싸움.

그러나…… 사랑이를, 98지구를 통해 전해지는 현실의 소식이 심상치 않다.

"승산, 있는데."

버틸 수 있다. 나는 견딜 수 있었다.

그러나 세상이 그러지 못하고 있었다.

-형님.

내 뒤에서 태양을 쏘아내고 있던 금낭이 영언을 보낸다. 치열한 전투 중이기에 대화를 나눌 상황이 아니지만.

어머니의 [권능]이 그것을 가능하게 만든다.

'기묘한 권능이란 말이지. 시간이나 공간을 다루는 것도 아니고…… 소통 자체가 능력인 것 같은.'

잠시 잡념에 빠진 내게 재차 금낭의 영언이 전달됐다.

-현실 쪽이 급격하게 기울고 있어요. 제 고향도…… 남겨 둔 챔피언들의 힘으로 버티고 있지만, 파멸적인 피해를 입었고요.

-시간에 쫓기게 되었다. 이거네.

-그렇죠. 이렇게 될 줄은 몰랐는데.

대우주에서 언터쳐블이라 불리는 신과의 싸움은 당연히 우리에게 불리하다.

우리의 승리 플랜에는 어마어마하게 긴 시간이 필요하기에, 시간에 쫓기게 되면 승리는커녕 오히려 패배할 수 있다.

다크스타 역시 로직대로 움직이는 NPC가 아니기에 온갖 수단을 강구하고 있기 때문이다.

-일단······.

나는 쏟아지는 저주를 흘려내며 말했다.

-나도 반격을 좀 해 보지. 생각해 둔 수단 몇 개 있어.

-위험할 거예요. 방어를 반쯤 푸는 셈이니······.

-어쩔 수 없지. 세상이 망하게 둘 수는 없으니.

고오오---!

온몸에 쉴 새 없이 흐르던 빛의 태극이 약화된다. 방어에 100퍼센트 집중하던 리소스를 공격에 할당하면서 방어가 약화된 것.

즉시 저주가 빛의 태극을, 또 히페리온의 방어를 뚫어 버린 후 몸을 후려친다.

찍찍!

개굴! 개굴!

대우주 그 어떤 우주선, 기가스의 장갑보다 튼튼한 피부를 찢고 쥐, 개구리, 애벌레가 튀어나온다.

두 눈은 말할 것도 없다. 방어가 약화되니 평소보다 훨씬 더 강력한 저주가 들어오는 상황!

그러나 바로 이 순간이 공격 타이밍이다.

훅.

내면세계에 집중, 물리적 타격은 버리고 오직 스트레스 블레이드에 몰입한다.

-킥킥.

반경 수천만 킬로미터 내에 아무것도 없는 내면세계에서 새까맣게 타오르는 검이 보인다.

수많은 초월자들을 양산하며, 내 고통과 괴로움을 흡수하며 응축된 극한의 스트레스.

나는 그것을 잡아.

휘둘렀다.

쩍.

[끄으으윽……?!]

짜증 가득한 태도로 카드를 뽑던 다크스타에게서 비명이 터져 나온다. 오직 마음을 베는 것에만 집중한 일검이었음에도 다크스타의 가슴이 갈라진다. 너무나 큰 고통과 실감이 육신에 영향을 미친 것이다.

실로 치명적인 타격!

그러나 내가 지금까지 공격을 괜히 안 한 게 아니다.

[로그인!]

짧은 한 마디와 함께 다크스타의 모습이 단숨에 정상으로 돌아온다. 다크스타가 이를 갈며 소리친다.

[너. 네놈 지금 뭘 한 거지? 아무리 심검이라 해도.]

그 뒤의 말을 듣지는 못한다.

"로그인."

아르데니아로 피신 후 즉시 정신을 잃었기 때문이다.

—……연아?

잠깐 정신을 잃었다. 체감상으로는 수초 정도.

—재연아? 정신 차려! 한재연?

"……."

눈을 뜬다. 나는 주변을 둘러싸고 있는 사제들을 보다 생각했다.

—머리 울리니 소리 지르지 마세요.

—미안하다. 네가 정신을 못 차리니 저주가 더 활발하게 일어나서…….

—그럼 잘 깨웠어요. 오랜만에 잤네.

"폐하, 괜찮으십니까?"

"아, 그래."

"뭔가…… 잘못된 겁니까?"

"아냐. 맞는 걸 좀 감수하고 공격을 해 봤을 뿐이지. 잠시 쉴 테니 치료랑 축복 유지해 줘."

"네, 폐하."

힐링을 돌려보내고 자리에 눕는다. 저주에 뚫렸던 피부는 이미 메워져 있지만 타격은 여전히 남아 있다.

-괜찮니?

-늘 말했듯 안 괜찮아요.

퉁명스럽게 투덜거리고는 생각한다.

'재미없다.'

솔직히 다크스타는 별로 좋은 전투 상대가 아니다. 차라리 마검왕-우주천마 라인으로 이어지는 무신 같은 게 등장했다면 매서운 공격에 고생했을지라도 배울 게 있었을 텐데, 이 망할 놈은 그냥 카드만 뒤집고 있는 상황.

'덕분에 성장도 없지.'

기계처럼 싸우니 영감을 자극하는 상황이 없다.

무학의 성장은 벽에 가로막힌 지 오래고 육신을 치유, 재생시키는 과정에서 무섭게 성장하던 신체 요소도 정체기에 들었다. 이제는 시간이 많이 필요하다 뭐 이런 개념이 아니라 여기서 뭘 더 어떻게 해야 천문 이상의 경지를 개척할 수 있을지 감조차 오지 않는 지경.

마법은 8클래스 주문의 태반에 숙련되었음에도 초월은 가능성조차 안 보이고 삼대 속성[時·空·無] 역시 다른 속성들을 다루는 정도에서 성장이 멈췄다.

굳이 성장하고 있는 게 있다면.

'태극권. 그러니까 방어 기술 정도지.'

내가 녀석과 굳이 공세를 이어 나가지 않는 이유이기도 하다. 피해만 크고 별다른 소득이 없기 때문.

'하지만 어쩔 수 없나.'

98지구의 피해가 기하급수적으로 커지고 있다.

엄청난 수의 사상자가 발생해 어찌어찌 자신들의 영역을 지키고 있던 리전과 그로테스크마저 황제급 세계수의 권역이라 할 수 있는 스타팅에 피신한 상태.

그뿐이 아니다.

프라야나족이 초월자를 제외한 전 종족을 봉인했고, 그 강대한 34지구조차 거듭된 몬스터들의 공격에 천만 단위의 희생자가 발생했으며 레온하르트 제국의 영역은 5분의 1로 줄어들었고 수많은 문명의 본거지가 박살 나거나 고향을 버리고 떠도는 상황.

―재연아…… 네가 그 모든 일을 책임질 수는 없어.

―아, 마음 좀 그만 읽어요.

―그, 미안하다.

―어휴. 심벽 같은 걸 쌓던지 해야지.

어머니와의 대화가 늘었다. 초반에야 의도적으로 그녀를 무시했지만…… 던전에서도, 아르데니아에서도 함께하는 그녀의 존재는 무시한다고 넘어갈 상황이 아니다.

그녀의 힘, 정확하게는 권능의 힘으로 인해 금낭과의 소통이 더 편해졌다는 걸 생각해 보면 더욱 그렇다.

-온 우주를 책임지는 게 아니에요. 온 우주가 박살 나면 그 안에 있는 내 것들도 박살 나기 때문인 거지.'

이제는 나의 영토나 다름없는 98지구.

나의 고향이자 근간이라고 할 수 있는 34지구.

그리고.

'……오룡이.'

드래고니아가 위험하다. 초월자의 업을 탐하는 몬스터들이 드래고니아를 집중 공격하고 있기 때문이다.

드래고니아는 대우주 최강의 전력을 가진 세력이었지만, 우주를 몰려다니는 몬스터 군단. 그것도 중급 초월자가 포함된 군세가 끝도 없이 몰아치니 버티지 못한다.

계속해서 쌓이고 쌓이던 전투 피로가 터지며 무지막지한 사상자가 발생하는 것이다.

그리고 그 결과.

플라워가 의식 불명이다.

'나머지 머리가 있으니 죽지는 않았겠지만…….'

기분이 가라앉는다. 시간이 지나면 지날수록 모든 게 최악의 방향으로 흘러가고 있다. 내가 아는 이들이, 내가 사랑하던 이들이 위기에 처하는 상황.

결국 답은 하나다.

'해야 해.'

내가 해내야 한다.

내가, 해야 한다.

"위험을…… 감수해야겠네."

망할 카드쟁이 녀석을 죽이고.

현실로 돌아가야 했다.

* * *

시간이 흐른다.

황제 한재연이 사라진 지 4년 차.

34지구는 수성이나 화성 등의 행성들을 포기하고 모든 설비와 인력을 34지구에 집중시켰다.

희생자의 수는 이미 억 단위를 넘어섰고 미궁은 10세 미만의 어린아이들마저 던전으로 끌고 들어가기 시작했다.

34지구. 정확히 강철계는 기급에서 수급까지의 기가스 50억 대를 뿌려 모든 탐험가들을 기가스 파일럿으로 만들었다.

게임 마스터 관대하가 신성을 얻기 전 수련용으로 생산한 기가스들은 캔딜러족의 아이언 하트를 가지지 못해 성능이 떨어진다는 평가를 받는 물건이었지만 그래도 기가스였기에 34지구는 어마어마한 수의 탐험가 전력을 보유하게 되었지만 그럴 수 있는 문명은 우주에도 몇 없다.

수많은 문명, 수많은 종족이 우주에서, 또 몽환의 미궁에서 죽어 나갔다.

한재연이 사라지고 5년 차.

은하철도가 공격당하기 시작했다.

신의 힘으로 만들어진 은하철도는 무지막지한 속도와 은폐 능력으로 공격은커녕 관측조차 불가능에 가까운 물건이었지만…… 황제 클래스의 몬스터들이 작정하고 움직이자 하나둘 탈선(脫線)을 면치 못했다.

그 결과는 당연히 몰살.

34지구는 어쩔 수 없이 배차를 줄였고 그 결과 우주용병이나 초월자들의 움직임에 제약이 걸리자 피해는 점점 더 커져 갔다.

6년 차.

선계가 검선 여동빈이 감당하고 있던 봉마도(封魔島)의 봉인을 풀었다. 어차피 검선이 쓰러져 감당할 수도 없는 상황이었기 때문.

뒤틀린 사명에 오염된 수백의 마선(魔仙)들이 세상에 풀려났다.

7년 차.

대우주 최고, 최강의 학문 기관 우로보로스가 폐쇄되었다. 우주 유일의 11클래스 미스터리의 종적은 그 누구도 알 수 없게 되었다.

그리고 8년 차.

9년 차.

10년 차……

대우주의 모든 존재는. 심지어 천계의 천족이나 마계의 마족. 그리고 신계의 신들마저 피부로 느끼게 되었다.

"종말이군. 우주의 종말……."

"끝장이야……."

물론 절망 앞에서 모두가 포기한 것은 아니었다.

[리벤지 25차 대규모 업데이트! 즉시 확인하시고 보상받아 가세요!]

[당신의 선택이 우주를 구한다!]

[모두를 연결하는 새로운 세계. 리벤지.]

일성의노예 : 와. 이 와중에도 대규모 업데이트를 하네.

보리차마시다사레들림 : 해야지. 요새 멸망한 문명에서 리벤지 하나 붙잡고 있는 생존자가 얼마나 많은데.

뛰뛰빵빵 : 이제 리벤지는 게임도 아니지. 삶의 희망이고 그들의 세상이니…….

핫바디 : 아. 오래 살고 볼일이다 진짜. 아니 리벤지가 어쩌다 이렇게 되었지? 돈에 미친 망겜이었는데.

리벤지는, 나아가 네메시스 소프트의 덩치는 날이 가면 갈수록 커져 갔다.

이제 와서는 일성 그룹의 휘하 기업까지 다 합쳐도 네메시스 소프트에 비할 바가 안 될 지경이 되었다. 괴멸에 이른 수많은 문명과 세력들이 리벤지를 통해 연결되고 있는 상태였기 때문이다.

철혈의 기업가라 불리던 네메시스 소프트의 대표. 배사랑은 우주적인 영향력과 금력을 가지게 되었음에도 개인의 영달이나 이득을 무시한 채 오직 더 많은 사람들이 리벤지에 접속시키는 것에 전력을 다해 위대한 영웅이자 위인으로 대우주 전체에 이름을 떨쳤다.

그뿐이 아니다.

"재능으로는 수천 년은 더 지나야 가능한 일인데…… 또 신들의 힘에 떠밀린 느낌이네. 여기까지 운빨로 온 느낌?"

"흥. 될 만하니 된 거지. 우주의 종말 앞에서 그 또한 운명인 거고."

아무도 신경 쓰지 않던 던전의 한구석에서 창황(槍皇)이 탄생했으며.

"세상에."

-이럴 수가…….

수많은 몬스터들의 시체 위에 온몸을 황금의 갑주로 뒤

덮은 여인이 서 있다.

고오오----!

그녀의 주위를 거대한 신성을 가진 용의 오오라가 휘돌고 있다.

"하. 결국 이 변태한테 인생 저당 잡히네……."

-그렇게 말하면 서운해…… 이제는 노출도 없는데.

"상황이 급하니 어쩌지 못하는 걸 모를 줄 아나."

궁시렁거리는 여인을 보며 죽음을 앞두고 있던 온갖 종족의 생존자들이 신음했다.

"용의, 화신……."

[황금용신이시여…….]

우주를 종횡하는 격전 끝에 영원의 마법소녀는 황금용신의 뜻이 지상에 머무는 증거.

황금용제(黃金龍帝)가 되었다.

수많은 종족, 수많은 문명이 사멸한다.

온갖 기술이 탄생하고, 온갖 영웅들이 그 이름을 떨친다.

그러나 그중 가장 큰 변화는.

드래고니안에서 벌어지고 있었다.

[엄마! 엄마……!!]

이제는 어지간한 성룡을 넘어서는 덩치의 스텔라가 눈물을 쏟아 낸다.

그러나 그녀의 덩치로도 쓰러진 거룡을 일으켜 세울 수는 없다.

[스텔라. 스텔라. 빛나는 내 딸…….]

용황 칸은 고개를 들어 그녀를 감싸 안고 싶었지만 그럴 수 없다.

모리안의 광창(光槍)이 결정적이었다. 그녀의 전신을 흐르던 광대한 마력이 가닥가닥 끊기고 세상 모든 것을 꿰뚫어 볼 수 있을 것만 같던 감각이 어둠에 잠기고 있다.

그녀가 볼 수 있는 것은 그녀의 앞에서 울고 있는 소녀뿐이다.

[내 딸…….]

오직 용이라는 종을 위해 바친 삶이었다.

그녀에게는 자신의 삶이라는 게 없었다. 용들을 이끌고, 모으고, 지키는 것만이 그녀의 사명.

그리고 그런 그녀의 삶에서 한재연이라는 존재는, 또 그와의 사이에서 태어난 스텔라는 과거의 그녀라면 상상조차 못 할 거대한 일탈이다.

그 거대한 충동.

그리고 선택.

그녀는 자신의 삶에서 유일하게 필요해서(need)가 아니라 원해서(want) 얻어 낸 사랑의 결실을 보았다.

수십만 년을 살면서도 죽음을 두려워하던 그녀였지만…… 막상 죽음을 앞두고서도 그녀를 보자 웃음이 흘러나온다.

고오오---

그녀의 몸에서 강대한 힘이 뿜어져 나온다.

[……엄마?]

[내, 딸.]

쿵!

칸의 마지막 머리가 늘어진다.

'……재연.'

문득 떠오르는 얼굴에 칸의 얼굴에 미소가 피어오른다.

'약할 때 잡아서 꼼짝도 못 하게 가둬 둘걸…….'

그녀의 눈이 감긴다.

그리고.

-이야. 마지막 생각이 저거야? 간만의 후배 재미있네.

칸의 눈이 떠진다.

[……뭐?]

그녀의 눈앞에 거대한.

그녀의 입장에서도 너무나 거대한 불꽃의 용[炎龍]이 있었다.

전체적인 형상은 뱀의 형상을 닮은 동양룡이지만 그 비정상적인 크기와 그의 주위에 떠 있는 수백, 수천 개의 염주(炎珠)들은 용들의 역사나 신화에서 익히 보던 종류의 것.

[당신은.]

무심코 중얼거리던 칸이 멈칫한다.

정신이 맑고 또렷하다.

어느새 계속된 몬스터들의 공격으로 정신을 잃었던 세 개의 머리가 복구되어 있었다.

-몸 상태가 정상이 아니기에 어느 정도 롤백해 두었다. 흠. 이 상태에서는 대화하기 불편하겠군.

순식간에 시점이 변경되고 칸은 인간형이 되어 의자에 앉아 있었다. 위성, 어쩌면 행성을 감싸 안을 정도로 거대했던 불꽃의 용 역시 적발의 사내가 되어 그녀의 앞에 앉았다.

"……용신."

"그래. 용황. 이야기는 많이 들었는데 보는 건 처음이네."

염룡(炎龍) 카인.

최초의 용은 아니지만 최고이자 최강이라 불리는 용으

로 창조신의 [시나리오]에서 막대한 권능과 신성을 얻은 용의 종족신.

그러나 사람들은 그를 용신이라고 부르지 않는다.

그를 용신이라 부르는 것은 오직 용들뿐이니까.

마법의 신.

용종의 특성상 높게 쳐 주기는 해도 상급 신위에 불과한 용신과는 비교할 수 없는 최상급 신이다.

"어째서, 이제야……!"

칸이 이를 갈았다.

용신은 용종의 종족신이지만 그 역할을 내팽개친 지 오래다. 오죽하면 용족들이 용신이 아닌 황금용신이나 암흑용신을 더 추앙하겠는가?

용들이 우주에 뿔뿔이 흩어져 있을 때에도, 삼족오에게 먹잇감 취급 받을 때에도 그는 그 어떤 도움도 준 적이 없다.

"너, 뭔가 종족신에 대해 착각하고 있구나?"

"……착각?"

"우리의 역할은 종족 전체를 이끌고 지키는 게 아니야. 그건 왕이나 황제가 할 일이지. 나는 내 역할을 이미 다 했고…… 이 자리는 자격 있는 녀석이 없어서 맡고 있는 것뿐이야."

"신위(神位)를 무슨 직위(職位) 말하듯 하시는군요."

"내가 그 정도는 되지."

쿠르릉!

그때 그들이 자리하고 있던 공간이 크게 진동하며 흔들린다.

분노를 드러내는 칸 앞에서도 여유롭던 카인의 얼굴에 귀찮음이 서렸다.

"신위 계승은 완전히 정명하고 필수적인 절차인데도 이래? 해도 너무 한다, 진짜."

칸은 짜증 내는 그의 모습을 보다 뜻밖의 말에 놀랐다.

"신위, 계승?"

"솔직히 자격은 모자라. 알지? 너는 긴 시간 용들을 이끌어왔지만…… 역량이 딸려. 종의 근원을 각성시키지 못했지."

"그건, 그렇지요."

그 유명한 황금용신이나 암흑용신조차 고유의 신성을 각성시켰음에도 용신의 자리를 얻지는 못한 상황.

카인이 설명했다.

"평소였으면 어떻게 여기에 도달하는 데 성공했다 하더라도 내 덕담이나 좀 듣고 돌아가야 했을 거다. 내가 용신의 자리를 굳이 양보할 이유도 없고."

신의 탄생은 그리 쉽게 일어나는 일이 아니다.

'정확히 말하자면, 거의 일어나지 않는 일이지.'

하위의 존재가 신격에 이르는 경우는 더더욱 드물어서 지금 존재하는 신은 대부분 그 태생에 신의 피가 흐르는 선천신이다. 가장 최근에 탄생한 게임신 역시 [지식과 문명의 신]인 관리자의 혈통이 아니던가?

"그런데 지금은 다르다는 말입니까?"

"……솔직히 말해 희망이 안 보이거든."

우르릉!

다시 한 차례 진동하는 세상 속에서 카인이 말한다.

"지고한 신격, 만물을 초월한 존재…… 다 소용없는 소리지. 그에게 우린 한 줄기 상념, 장난감, 애완동물뿐이니……."

쿠르릉!

또다시 세상이 진동한다. 칸은 바로 상황을 파악했다.

"하! 희망이 없으니까 그냥 넘기겠다고요? 신위를?"

"우리 입장에서도 변수는 많을수록 좋으니까."

쿠르릉---!

흔들리는 차원 너머로 거대한 그림자가 보인다.

용들 사이에서 용황이라 불리며 추앙받는 칸조차도 그것의 형상을 제대로 볼 수 없다.

거대한. 그 개념과 존재를 가늠조차 할 수 없는. 감히 감당할 수 없는 상위의 존재.

"희망이 정말 없습니까? 정말 이대로…… 우리 모두가

멸망해야 한다고요?"

"이미 알고 있겠지만 원래대로라면 나랑 싸우거나 나를 넘어서는 업적을 만들어야 해. 내가 이 자리에 올 수 있었던 건…… 그저 마법을 향유하고 지식을 통제하던 전대 마법의 신과 달리 나는 전 우주에 마법을 퍼트렸기 때문이기도 하니까. 괜히 용들이 마법의 조종(祖宗)이라 불리는 게 아니거든."

"당신네 최상급 신들이 [밖]에서 싸우고 있다는 말은 들었습니다. 온 우주의 힘을 모은다면."

"신격을 완전히 얻을 수는 없다. 다만 조건부는 가능하지."

서로 딴소리만 하고 있는 상황에 칸의 얼굴에 짜증이 피어오른다.

"당신."

고오오-----!

그러나 더 따져 묻기 전에 카인의 몸에서 거대한 힘이 피어오른다. 그것은 용들 중 으뜸이라는 칸의 마력과 영혼을 너무나 쉽게 짓누르며 들어와, 이내 그녀의 영혼과 존재 그 자체를 받쳐 끌어올렸다.

카인을 보며 악을 쓰던 칸이 기겁했다.

"신위를, 준다고? 그냥 이렇게? 정말로?"

물론 칸 역시 용신이 되는 상상을 한 적이 있었다. 그녀는 원로원의 그 어떤 용들보다 성실히 용족을 이끌었고 타협하고, 싸우고, 도망치며 그들의 생명과 자신을 지킨 존재니까.

그러나 어떤 시나리오에도.

용신이 신위를 그냥 넘겨주는 상황은 없었다.

"조건부라니까."

"어떤 조건이어야 그런 게 가능하다는 겁니까? 역사를 뒤집어 봐도 없는 경우인데."

"네가 죽으면서까지 집착하던 남자가 역사를 뒤집어 봐도 없는 경우니까."

"······집착?"

무심코 되뇌었던 칸은 자신이 눈감기 전 한 생각이 떠올랐다.

'약할 때 잡아서 꼼짝도 못하게 가둬 둘걸······.'

"앗."

돌처럼 굳어 버린 칸을 보며 카인이 말했다.

"참 공교로운 일이더군. 하필 이 신격에 도전할 수 있는 녀석이 이런 일탈을 저지르고, 하필 그 결과가 이런 식으로 연결될 수 있다는 게······ 어쩌면 이게 바로 사람들이 말하는 운명일지도 모르지."

우르릉.

또다시 흔들리는 차원에 카인의 인상이 찡그려진다.

"……진짜 너무 빡빡하네. 어쨌든 잘 들어. 중요한 건 그 한재연이라는 녀석이 온 세상의 파멸을 유예할 때가 아니다."

이야기가 확확 넘어간다. 새로운 신위가 탄생하는 역사적인 현장이었지만 그 과정에 엄숙함이나 신성함 따위는 없다. 용의 신이자 마법의 신인 이 위대한 존재는, 오히려 뭐에 쫓기듯 급박해 보인다.

"중요한 건, 녀석이 사라짐으로써 세상이 무너져 내리기 시작했다는 것이지."

심지어 그는 용족의 운명이 달렸다 해도 과언이 아닌 신좌를 물려주는 상황에도 그것에 대해 이야기하지 않았다.

이제는 얼굴을 본지 오래된. 너무나도 그리운 그녀의 연인에 대해 이야기하고 있다.

"지키는 것보다…… 없어서 망하는 상황이 더 중요하다?"

"그래. 그래야 사람들이 그를 그리워하고, 또 그의 구원을 갈망할 테니까."

"잠깐. 잠깐만."

설명을 듣고 있던 칸은 불현듯 어떤 의문이 떠오르는

것을 느꼈다.
그리고 그것을 물었다.

* * *

"엘린 다운! 엘린 다운! 전용 무구의 귀환이 확인되었습니다!"
"전함들이라도 돌진시켜! 남은 전룡단이 몇이지?"
"21명입니다."
"끔찍하군…… 그렇게 신규 단원을 받았는데도……."
거대 전함. 천지룡에 탑승한 응룡 헌원이 다수의 용족들이 쏟아 내는 술식을 조율했다.
직접 전투는 불가능하다. 끝도 없이 반복되는 전투로 그의 영맥이 과부하되었기 때문이다.
육신과 정신, 심지어 영혼까지 한계 상황이니 전투는커녕 현신조차 어렵다.
"선선을 포기한다. 병력을 뒤로 물려."
"하지만 헌원 님! 녹주성을 잃어버리면 스타 게이트가 잠기고 맙니다! 이러다가는 드래고니안이 몬스터들 사이에 완전히 고립."
훅.
"고립…… 어?"

치열하게 전투를 이어 나가던 용족들이 일시에 멈춰 선다. 서양룡의 모습을 하고 있는 용황족도, 동양룡의 모습을 하고 있던 용신족도 모두 놀라 어느 한쪽을 바라봤다.

그그극.

쿵!

치열하던 전장 한구석에 쓰러져 있던 용황의 거체가 서서히 일어난다.

그것은 생물체의 움직임이라기보다 어떤 현상처럼 보인다. 원래도 거대하던 그녀의 몸이 더더욱 커져, 이제는 어지간한 산맥에 맞먹을 정도가 되어 버렸기 때문이다.

[맙소사. 일탈의 결과라는 게 설마 이런 이야기였다니.]

칸은 단지 서 있는 것만으로 세상 전체를 굽어살폈다. 수없이 많은 몬스터들, 그들과 치열하게 싸우고 있는 용들이 느껴진다.

그녀의 안에서 지금까지 상상도 못 했던 힘과 신성이 느껴진다.

변화는 그뿐이 아니다.

[엄마! 엄마! 머리가 네 개가 되었어요! 어? 속성에 제한이 걸렸는데 이거 엄마가 가져간 거예요?]

그녀의 몸을 안고 울부짖던 스텔라의 목소리가 들린다.

아니 들린다는 말은 맞지 않다. 이제 스텔라는 그녀와

하나의 존재가 되었기 때문으로, 이미 다섯 개의 머리를 가지고 있던 칸에게 그것은 매우 익숙한 감각이었다.

"이게 무슨."

천지룡 안에서 기겁하는 헌원의 말이 옆에서 하는 것처럼 선명하게 들린다.

"구두룡(九頭龍)……!?"

[엄마! 숨결 좀 뿜어 볼게요……!]

스텔라가 흥분해 고개를 이리저리 흔들었다. 누가 봐도 신의 위엄 따위는 찾아볼 수도 없는 모습이었지만.

그 결과는 파멸적이다.

번쩍!

빛이 번쩍이고.

[안, 안 돼!]

"이런 말도 안----!"

그것으로 모든 게 끝난다.

푸확!

천지룡에 달라붙어 장갑을 부수고 있던. 그 안으로 몸을 들이밀고 그걸 막아서는 용들을 공격하던.

무엇보다 그 모든 몬스터들의 뒤에서 전쟁을 이끌어 나가던 황제 클래스의 괴물들까지 쓸려 나간다.

팟!

산맥과도 같던 구두룡의 모습이 사라지고 그저 산채에

불과한 오두룡의 모습이 드러난다.

그 위에서 방방 뜨고 있는, 상대적으로 작아 보이는 구면룡은 물론이다.

[엄마엄마! 봤어요!? 숨결 한방에 푸확~!]

[……그래. 대단하구나.]

그 작고 빛나는 샛별을 품에 안았다. 꿈만 같던 신성과 신위가 흩어지는 허망한 느낌에도 웃음이 나온다.

스텔라와 함께라면 언제든 다시 불러올 수 있는 힘이라는 것을 알기에 더더욱 그러하다.

다만.

'한재연. 너 뭐야?'

신의 자리에 발을 걸치고서도 그의 머릿속에는 의문만이 가득하다.

'너 뭘 하고 있는 거야?'

* * *

처맞고 있다.

이제 나는 맞는 거에 한해서는 우주 제일의 달인이라 불러도 과언이 아니리라.

그런데 수백 수천 번 맞는 나도 꾹 참거늘 다크스타는 그러지 못 한다.

한 방 맞을 때마다 악을 쓰는 것이다.

"너! 이 망할······!"

"엄살이 심하다 엄살이."

"진짜 저런 징징이가 없어요. 아무리 생각해도 신적인 존재라고 볼 수가 없단 말이죠."

"대사 칠 시간에 태양이나 싸."

"······지금 싸라고?"

"쏘라고. 쏴라고 했어 쏴."

금낭과 상당히 친해졌다. 이렇게 긴 시간을 같이 싸우는데 친하지 않으면 그건 그것대로 인성에 문제가 있다고 할 수 있으리라.

-저 괴물은 왜 너를 놔주지 않는 거니? 이렇게 진절머리를 내면서.

-그럴 수가 없는 거죠. 이런 카드게임에서 싸우다 물러난다는 개념은 없거든요. 무조건 패배라고 봐야지.

관계가 달라진 건 금낭만이 아니다. 어느새 나와 어머니와의 거리도 달라져 있다.

그녀와 많은 이야기를 했다.

내가 알지 못하는 98지구에 대한 이야기.

그녀가 어릴 적 이야기.

멸망하던 98지구에서 필사적으로 탈출하던 이야기······.

촤르르륵!

다크스타 녀석이 이제는 설명도 안 하고 카드를 뒤집자 녀석의 덱에서 우르르 뽑힌 카드가 핸드에 들어가는 모습이 보인다.

"자, 일과 시작하자."

"하. 이러다 챔피언 로딩 안 하고 텐 클래스 찍겠어요. 제 컨셉 이거 아닌데."

"미친놈들. 정신병자 새끼들……."

욕설을 내뱉는 녀석의 우주 여기저기에 태양이 이글이글 타오른다.

'녀석이 버티기로 들어가서 예상보다 너무 오래 걸렸지만.'

슬쩍 웃는다.

이 기나긴 전투가…… 마지막을 향해 달려가고 있었다.

쿠궁! 콰르릉!

거대한 빛과 저주가 충돌한다. 그것은 우주의 운명을 가를 장대한 전투 같은 것이 아니다.

아니, 어쩌면 그런 것일 수도 있지만 나는 그런 감성으로 받아들이지 않는다.

'일이지.'

아침에 일어나 씻고, 옷을 갈아입고 출근해 일하다가 퇴근하는, 지극히 건조하고 매일매일 반복되는 일과를 진행하듯 건조한 감각으로 다크스타에게 대항한다.

로그인&로그아웃 능력을 가지고 있는 우리의 전투는

일반적인 결투, 전쟁, 뭐 이런 것과는 완전히 다른 성격의 무언가.

지루하고, 따분하고, 고통스럽고, 괴로워도 지치지 않고 계속하는 쪽이 이기는 싸움이다.

'녀석의 권능은 신에 가깝지만…… 그에 걸맞은 정신은 갖추지 못한 듯하니.'

그런 면에서 우리 쪽이 조금 더 유리하다. 어머니의 기묘한 권능으로 인해 전투 중에도 끊임없이 소통할 수 있었기 때문이다.

-결국 그 신의 자손이라는 게 초월자의 후손인 거네요.

-지금 생각해 보면 그렇겠지. 하위 문명에서 초월자면 충분히 신이라 불릴 만하니. 저기 그런데 재연아.

다크스타의 공격에 처맞고 있는 내게 어머니가 조심스레 말한다.

-이제 그만 싸우고 돌아가는 게 낫지 않겠니?
-아직 얼마 안 싸웠어요. 공격은 하지도 못했고.
-하지만 너 오른팔이 없는걸?
-무슨 소리예요? 오른팔 있는데.
내 의문에 어머니가 깊이 한숨 쉰다.
-하지만 팔에 안 달리고 입에 물려 있잖니…….
그녀의 말대로 나는 잘린 팔을 입에 물고 있다.

출혈은 없다. 재생력이나 생명력 때문이기도 하지만 다크스타의 저주로 단면이 썩고 있기 때문이기도 하다.

-준비하고 있는 치유 술식이 대형이라 한 방에 하는 게 나아요.

-아니, 아무리 그래도…… 부처께서 말씀하셨잖니? 너무 고통스러운 것도 안 좋아. 너는…….

갑자기 시작된 잔소리에 항의한다.

-갑자기 뭔 부처. 그건 중생을 위한 말이고 저 같은 초인하고는 달라요.

-그, 그래요. 어머니. 붓다 말이라면 지나친 고행에 대한 이야기이니 형님의 경우는 좀 다르지 않을까요?

-하지만 금낭 님…… 팔이 잘렸잖아요.

이 기묘한 동거가 길어지면 길어질수록 어머니는 여느 평범한 어머니들처럼 나를 대하기 시작했다. 어쩌면 계급, 상황 모든 걸 다 없애고 보면, 어머니 역시 평범한 여인인 것이다.

-아니 나는 당연히 평범한 거고 네가 안 평범하다니까!? 팔이 잘렸다고!

-아, 거 참. 알았어요.

"로그인."

아르데니아로 들어가 썩고 있던 몸을 치유하고 떨어져 나간 팔을 붙인다.

-됐죠? 다시 갑니다.
-……아니.
어머니가 뭐라기 전에 다시 움직인다.
"로그아웃."
출근하고,
"로그인."
퇴근한다.
 성장은 지지부진하다. 천문에 도달한 신체 요소를 자유자재로 다루게 되었으며 저주를 이기고 흘려내는 무학, 광태극(光太極)에 완전히 숙달되었고 신의 영혼에도 고통을 안겨 줄 수 있을 정도로 스트레스 블레이드의 사용에 익숙해졌지만 그것으로 내 수준, 즉 레벨이 올랐다고 말하기는 어렵기 때문이다.
 변호사가 운전면허를 따면 좀 더 편할 수는 있어도 그걸로 연봉이 오르지는 않는 것과 같다.
 '그 이상이 필요하지.'
 굳이 예를 들자면 운전면허가 아니라 의사 면허를 따야 한다. 적어도 지금의 경지와 동등하거나 비슷한 격의 무언가를 얻지 않으면 그저 잔재주만 많아질 뿐 제대로 된 성장을 이뤄 낼 수 없다.
 '아니면 무학 그 자체를 연마할 수도 있겠지.'
 검강, 심검, 이기어검을 완성함으로써 내 무학은 완성

되었다.

 이 위는 나도 모른다. 그 어떤 자료도 정보도 없다.

 '굳이 경지를 나누자면 무학으로 신의 경지에 이르는 것이니 무신경(武神境)이 되겠지만.'

 그러나 무는 너무나 오래된 개념이고 우주적으로 끼친 영향력이 너무나 크다. 무의 신이 최상급 신이라는 걸 생각해 보면 이걸로 신의 경지에 오르는 건 불가능하리라.

 콰득!

 빗장뼈가 부러지는 것을 느끼며 생각을 전달한다.

 ─적당히 타협해서 검신이나 심검의 신 이런 걸로 해 볼까?

 ─형님…… 그렇게 막 정한다고 자리가 생겨나는 게 아닙니다. 하다못해 회사 직위도 역할과 일이 있어야 생기는데 신위를…….

 어이없어 하는 금낭의 말대로. 이런 방식으로 신의 경지에 오를 수는 없다.

 ─그러면 어떻게 하는데?

 ─저기, 지금 뼈가 부러졌는데…….

 ─그야 저도 모르죠. 근래에 신이 된 존재가 있는 것도 아니고.

 ─게임 마스터가 있잖아?

 ─그분은 문명과 정보의 신의 신성을 강탈하셨잖아요.

없는 자리도 만들 수 있죠.

-뼈가 부러졌다고!

-아, 천 번 만 번 부러지는데 호들갑 떨 필요 없어요.

-사실 뼈 정도는 안 아프죠. 저주가 진짜 심해요……간혹 맞는 저도 돌겠는데 형님은 어떻게 버텨요?

잡다한 이야기를 나누다 묻는다.

-경지 상승은 글렀고…… 싸움은?

-거의 다 왔죠.

이미 던전 안은 박살이 난 지 오래다. 신급 존재와 바로 그 아래 강자들의 싸움. 끊임없이 권능 주문이 쏟아져 나오고 끔찍한 저주가 휘몰아치는 난장판. 간혹 초월급 몬스터들이 주위를 서성이는 경우는 있었지만 감히 그 누구도 수십 수백 개의 태양이 이글거리는 영역에 들어오지 못했다.

'태양이 충분히 쌓였어.'

올라간 우주의 온도는 그저 결과적인 현상(現象).

중요한 것은 적의 힘을 억압하고 아군의 힘을 북돋는 태양신의 권능 그 자체다.

다크스타는 권능 그 자체나 다름없는 존재니 사방에 떠오른 태양빛에 억압 받을 수밖에 없다.

"이, 지긋지긋한……!!"

퍼버벙!

다크스타가 카드 몇 장을 뒤집자 주변에 있던 태양 수십 개가 단번에 터져 나간다.

지금껏 무시하던 태양을 굳이 틈을 내서 제거한다는 건 녀석이 그 존재에 부담감을 느끼기 시작했다는 증거.

"아폴론의 꺼지지 않는 태양. 아폴론의 꺼지지 않는 태양. 아폴론의 꺼지지 않는 태양. 아폴론의 꺼지지 않는 태양……."

그러나 금낭이 태양을 우르르 쏟아 내고.

"빈틈."

나는 그렇게 드러난 틈에 마음의 검을 때려 넣었다.

"끄으윽……!"

맨들맨들한 머리에 달린 괴이한 형태의 입에서 비명이 터져 나온다.

녀석은 신이라고 하기엔 너무나 멘탈이 약해 스트레스 블레이드에 스치기만 해도 엄살을 피우며 버둥거린다.

"로그인."

아르데니아로 돌아온다. 인류제국 최고의 치유사와 주술사들에게 치료받고 나를 위해 준비된 강철 침대에 눕는다.

"아이고……."

요소, 신체에 몰입하여 육신을 안정시킨다.

'이젠 진짜 나가 봐야 하는데.'

약간의 초조감을 느끼고 있을 때 부관이 다가온다. 에드워드와 하모니는 없다. 점점 안 좋아지는 현실 상황에 98지구로 나가 있는 상태기 때문이다.

"폐하. 98지구에 황제급 던전이 등장했습니다."

"……결국 왔나."

몬스터, 혹은 던전은 지성체를 목표로 움직인다.

인구가 많은 행성일수록 던전 생성이 빠르고, 초월자가 많으면 던전 생성이 빠른 것은 물론이고 온 우주의 몬스터가 다 몰려든다. 그러니 드래고니안이나 프라야나 헤븐 같이 강대한 세력들도 위기에 빠지는 것.

그리고 그런 면에서…… 98지구도 그리 좋은 환경은 아니다.

'초월자가 제법 많지. 인구도 적은 편이 아니고.'

결국 미뤄 두었던 결정을 내리기로 했다.

"……허가해."

* * *

눈을 뜬다.

악을 쓰던, 바닥을 긁으며 몸부림치고 발톱과 무기를 휘두르던 몬스터 전부가 사라지며 시끄럽던 폐허는 침묵에 잠겨 있다.

펄럭!

12장의 날개가 펼쳐진다. 머리 위에 떠 있는 광륜(Halo)에서 뿜어진 빛은 한밤중에도 주변을 환하게 비춘다.

"천신이시여……."

불현듯 중얼거리다 휘몰아치는 기억에 비틀거린다. 그는 사막 출신의 고아였다. 누구에게도 보호받지 못하던 버림받은 존재. 그러나 그는 선택받았다.

천신(天神).

하늘 위의 위대한 존재. 세상 모든 것을 굽어살피는 자비롭고 절대적인──

[긴 생을 보내고 왔으니 여기 앉아 엉망인 하루를 세어보자. 한눈에 다 볼 순 없으니 조금 쉽게 완벽한 하루를 들려주렴.]

그때 잔잔한 목소리가 그의 머리를 울린다. 그것은 그에게 너무나 익숙한 목소리다.

위대한 천신 바로 옆에서 그분의 은총과 은혜를 노래하던 존재.

그리고.

[종종 어딜 봐야 할지 몰랐던 답답한 마음 몰라 본 이

유가 있다면 결국 스스로 알아 잘 헤쳐나갔던 그날로 해 둘게.]

 대천사는 멍한 표정으로 모든 것이 파괴된 폐허를 바라보았다.
 그곳에 한 여인이 서 있다.
 아무런 악기도, 성가대도 없이 폐허를 꽉 채우는 여인.
 그는 그녀를 안다.
 그녀는 그저 신의 옆에서 노래 부르는 존재가 아니다. 모든 것은 그분의 은총으로 이루어져 있지만, 그럼에도 그녀는 그에게 매우 중요한 존재다.
 그녀는.
 그녀는…….
 "……누나?"
 "오. 생각보다 쉽게 정신 차렸네. 천신은?"
 "어, 음. 개새끼……?"
 "좋아. 잘 빠져나왔네."
 하모니가 씩 웃을 때였다.
 휘오오----!
 에드워드의 몸을 휘감고 있던 신성력이 크게 감소한다. 그의 머리 위에서는 광륜이 빛나고 있고 등에는 12장의 날개가 달려 있지만, 그는 더 이상 신의 권능과 영광을 노래하는 존재가 아니었기 때문이다.

"앗! 신위(神位)가······."

"흠. 이게 이렇게 되는구나. 이렇게 되면 또 턱걸이인가."

"아, 좀 아쉬운데. 검황 그 망할 놈처럼 자신을 잃어버리는 것보다는 낫겠지만."

"뭐 나가서 나름대로 고생하던 모양인데?"

"지가 찾아간 고생이지."

하모니는 에드워드와 함께 스타팅으로 돌아왔다.

몬스터가 모조리 사라진 스타팅에서는 수많은 사람들이 뛰어다니고 있다.

"몬스터들이 없어졌다! 이 틈에 물자들을 전부 회수해!"

"던전에서 몬스터들이 다시 나오기 전에 움직여!"

"공략대! 던전들을 찾아가 없애야 한다!"

수없이 훈련하고 또 연습하고 있던 대로 인류제국의 플레이어들이 움직인다.

그들뿐이 아니다.

고고고---!

기이잉--!

수십 대의 기가스와 자율 병기들이 성에서 쏟아져 나오기 시작한다. 리전이 자랑하는 기계 군단.

"여보! 달려!"

-그오오오--!

"가자아!!"

인류와 어울리기에는 너무도 흉악한 그로테스크의 괴수들이 그들의 친구, 혹은 배우자와 함께 대지를 달리고.

"주인님을 지켜야 해요!"

"몬스터들을 쓰러트립시다!"

총화기로 무장한 눈부신 외모의 미소녀들이 오와 열을 맞춰 진군하기 시작한다. 재연이 침식 던전을 클리어하며 인류제국에 포함시킨 안드로이드들이다.

"굉장한 광경이지?"

"레드."

"다행히 성공한 모양이네."

새빨간 로브를 걸친 레드가 완전무장 상태로 그들에게 다가온다.

재연의 아내로 굳이 말하자면 황후의 위치에 있는 그녀였지만 어릴 적부터 알고 지낸 그들은 여전히 친밀한 관계다.

"정말 너도 할 생각이야?"

"가능하다면 당연히 해야지."

"위험할 수 있어."

하모니의 말에 레드가 웃는다.

"그래서 폐하께서 매일 고문 받는 꼴을 보라고? 언니는 창조주를 설득해서 설정도 추가했다던데."

"……."

"가자. 이 근처는 싹 흡수되었어도 이 행성에 남은 몬스터는 많으니까."

시간이 흐른다.

위기에 처했던 드래고니아는 용신의 탄생으로 안전 지대에 가까운 영역이 되었다. 용황과 그녀의 딸이 [합체] 되어야 잠시간 등장할 수 있는 존재라곤 하나…… 물질계에서 활동할 수 있는 언터쳐블급 강자가 가지는 의미는 실로 어마어마했기 때문이다.

98지구는 다수의 황제 클래스가 추가되며 행성 전체를 깔끔하게 청소하는 데 성공했다.

그러나 딱 그 정도.

던전은 계속해서 등장해 폭주했고, 몬스터는 끊임없이 쌓여 갔다.

온 우주가 끝없는 투쟁 앞에 멸망하고 쓸려 나간다.

그리고 그러던 와중.

"인황이 있을 때에는 이렇지 않았는데……."

"맞아. 챔피언 엠퍼러하고 인황이 있을 때에는 황제 클래스의 몬스터 따위 볼일이 없었다고!"

"둘이서 온 우주의 괴물들을 다 정리하고 있었다니……."

빠듯한 생존에 괴로워하던 사람들 사이에서 그를 찾는 움직임이 시작되었다.

몽환의 미궁으로 온 우주가 연결된 상황이었기에, 정보는 쉽게 퍼져 나간다.

"언터쳐블 던전?"

"이런 미친…… 저 안에서 죽기라도 하면 어떻게 되는 거야?"

"그를 되찾아야 해!!"

"아, 이 게임이 그 인황이 광고하고 다니던 그건가? 리벤지?"

그리고 그렇게 온 우주가 그를 찾고 있을 때.

퍽!

마침내 두 황제의 검이 신의 몸을 꿰뚫었다.

"아. 정말 길었어요."

"아니, 사실 별로 안 길었지 않아? 시간 100배만 그대로였어도 좀 더 여유롭게 했을 텐데."

"생각해 보니 그러네요."

"이, 미친, 정신병자 놈이."

무검에 꿰뚫린 다크스타가 믿기지 않는다는 듯 입술을 덜덜 떨었다.

"절대…… 권능. 이런 걸 가지고 있었으면서…… 이 긴 시간 동안 한 번도 안 썼다고?"

"각이 안 나왔잖아. 그리고."

권능무력체로 마지막 방어를 뚫어 버린 재연이 웃었다.

"별로 길지 않은 시간이었다니까?"

그래, 아득하게 느껴지는 싸움이지만 냉정하게 생각하면 그리 긴 시간도 아니었다. 몽환의 미궁의 시간 배율이 1,000배일 때도 매일같이 싸우던 그가 아닌가?

물론 그때보다 길게 느껴진 것은 사실이다.

'매일 저주로 샤워를 했으니까. 못 버틸 수준은 아니지만…… 아픈 건 사실이고.'

특히나 전투 초반에는 다크스타에게 당한 저주를 1년 가까이 완치하지 못하는 경우도 많았다. 황제급 클래스를 대거 늘리고 인류제국의 총력을 기울여 치유술을 발전시켰기에 지금의 상황이 될 수 있었던 것.

"네, 놈! 이 순간에 딴생각을 해……?"

휘오오……!

다크스타의 몸에서 시꺼먼 기운이 솟구친다. 그저 땅에 내려박는 것만으로 일대를 수백 수천 년간 저주에 시달리게 할 어둠!

팟!

그러나 권능 그 자체인 다크스타의 힘은 권능무력체 앞에서 허망하게 사라질 뿐이었다.

권능을 사용하는 순간 클래스가 잠기며 스텟이 폭락한다는 단점 때문에 잘 쓰지 않지만…… 권능무력체의 힘은 결코 무시할 수준이 아니다.

 권능을 무시하거나 저항한다.

 이 단순한 힘이 바로 권능 중의 권능이자 세계를 뒤흔드는 절대 권능.

 중급 초월자인 마왕이나 대천사의 실질적인 전투력을 상급 초월자에 준하게 판정하게 만드는 근거가 바로 절대 권능이라는 걸 생각하면(물론 마신이 내려주는 절대 권능은 마왕의 능력이나 스타일에 최적화되어 있다는 차이점이 있지만.) 이 권능이 얼마나 강대한 힘인지 알 수 있다.

 과연 재연의 뒤에 숨어 다크스타의 몸에 검강을 밀어 넣고 있던 금낭 역시 감탄한다.

 "권능무력체 다시 봐도 어마어마하네요. 챔피언 로딩은 특정 스텟에 몰리는 편이라 전 스텟을 골고루 올리기 힘든데…… 업데이트라도 해 봐야 하나."

 "이제 신적인 존재들하고 싸워야 하니 거의 필수지."

 재연 역시 무검에 내공을 쏟아부었다.

 고고고---!

 하나의 세상을 이룬 무검 안에서 행성을 파괴하고 별을 짓누를 내공이 쏟아져 나온다.

그뿐이 아니다.

[압력이……!]

클라우 솔라스가 눈부신 빛을 뿌리며 다크스타의 등을 파고들고.

"(⊙.⊙)! ♫₩().⟨⟩~()_()~( ).()/♪ ㄴ(☆.☆)ㄱ."

드릴처럼 회전하는 에레보스가 옆구리에서.

-으으…… 느낌이 이상해…….

이제는 제법 비행에 익숙해진 포이가 조종하는 여의보검이 다크스타의 목을 파고들고 있다.

"이…… 로그인……!"

푸욱!

일순간 회복되었던 다크스타의 몸에 다시 검이 박힌다. 몇 개의 함정 카드가 발동했지만 이미 모든 패턴을 파악하고 있던 재연과 금낭은 권능으로, 또 검술, 마법으로 그것을 무마시켰다.

"미친놈들. 어리석은 놈들. 나를 죽인다고 모든 것이 끝이라고 생각하느냐?"

"……그래, 끝이 아니겠지."

우주 천마가 처음 나왔을 때 그것은 우주적인 대사건이었지만 녀석을 죽여도 상황은 해결되지 않았다.

그것은 끝이 아닌 시작.

한 번 등장한 황제급 몬스터는 이후 끊임없이 리젠되어

우주를 엉망으로 만들었다.

다크스타 역시 그렇게 될 것이다.

"내가 네놈들에게 이런 굴욕을 당했지만……! 상황이 맞지 않았다! 그저 시간을 끌고 끌어 이렇게 된 것이지 너희는 여전히 나보다 약자야!!"

그 말은 틀림없는 사실이다. 끝도 없이 이어지는 전투에 지치고 집중력이 떨어졌을 뿐 다크스타는 강대한 권능을 둘둘 휘감고 있는 신적 존재.

심지어 녀석에게는 로그인&로그아웃도 있다.

차륜전(車輪戰)에 면역이니 수로 압도하는 것도 불가능이니 다크스타는 혼자 그 어떤 세력이라도 박살 날 수 있는 재앙.

그러나 재연은 웃었다.

"상관없어. 지금처럼 계속 막으면 그만이지."

"이 짓거리를 계속하겠다고? 너희는 미쳤어! 제정신이 아-."

퍽!

순간 무언가가 끊어지는 느낌과 함께 다크스타의 몸이 부르르 떨린다.

[게임 클리어(Game clear)! 게임이 클리어되었습니다!]
[게임명 : 다크 스타.]

[아이디 : 한재연, 금낭.]

장대하고 처절했던 과정과 달리 전투의 결과는 심플. 막대한 권능을 흩뿌리던 다크스타는 검은 액체로 변해 삽시간에 사라져 버렸다.

"……끝이네요."

"그러게."

무검을 집어넣는 재연의 앞으로 빛이 번쩍인다.

우우웅---!!

재연은 손바닥 위로 떨어진 빛을 바라보다 고개를 돌렸다.

금낭도 비슷한 걸 잡아들고 있다.

[별의 조각 15/100](등급 외. 거래 불가)
절대적인 권능이 담긴 조각. 다 모으면 신적인 힘을 얻을 수 있을 것 같다.

금낭이 혀를 내둘렀다.

"와. 독하다 독해. 이 난리를 피웠는데 조각을 줘? 형님. 저 13개인데 몇 개예요?"

"15개."

"너무 빡빡하네."

chapter1. 새로운 용신의 탄생 〈79〉

재연과 금낭은 드랍 아이템을 수습하며 혹시 뭔가 다른 게 있지 않을까 했지만 던전에는 박살 난 행성들의 잔해가 떠다닐 뿐이다.

그중에 아이템이 있었을 수도 있지만, 사방에 떠 있는 태양 때문에 파괴되었을 것이다.

구구구……

그 규모가 규모인 만큼 닫히는 데에도 상당한 시간이 걸리는 던전 속에서 금낭이 묻는다.

"이거 등장 빈도가 어떻게 될까요?"

"언터쳐블급이니 황제급보다는 덜할 거라고 생각은 하는데…… 그래도 계속 나오겠지."

재연의 대답에 문득 금낭이 그를 가만히 바라보았다. 꿍꿍이가 있어 보이는 분위기는 아니고 마치 신기한 무언가를 보는 표정이다.

"괜찮으세요?"

"뭐가?"

"끔찍한 전투였잖아요. 이런 전투를 앞으로 계속 해야 할지도 모르는데."

"별수 없잖아? 그럼 하는 거지."

물론 다른 방법도 있을 것이다. 현실에서의 시간을 최소화하고 아르데니아에서 끝까지 버티면 거의 영원에 가까운 시간 동안 부와 명예, 그리고 쾌락을 탐미하며 살

수 있는 것.

그러나 당연하지만.

그건 재연에게는 선택지조차 아니다.

'도망이니까.'

그에게 34지구가 지옥과도 같았던 건 그곳이 살기 힘들어서가 아니다.

오히려 살기는 아주 편했다. 게임 능력을 얻기 전까지는 그냥 중세랜드에 불과하던 아르데니아와 비교할 수조차 없는 환경.

그러나 그럼에도 왜 그는 그 망할 중세랜드에서 행복을 느꼈는가?

삶의 주체가 될 수 있었기 때문이다.

아무리 편하고 달콤한 길이라도 자신이 원하지 않는 길이면 필요 없다. 시련에 맞서고, 깨부수지 않고 도망갈 거라면, 이토록 필사적으로 수련하고 싸워 나갈 이유가 없을 테니까.

재연은 쓸데없는 생각 대신 미래를 생각했다.

스펙업과 성장 요소에 대해 생각했다는 말이다.

'다크스타를 잡으니 조각이 15개…… 기여도에 따라 보상이 다른가? 절대 권능을 설마 로그인&로그아웃으로 주지는 않을 테고, 역시나 [창세의 주시자]겠지? 이렇게 되면 다크스타에 나오는 몬스터들을 잡거나 하는 방식으

로 파밍을 해야······.'

"진짜 신기하네."

"······응?"

느닷없는 말에 재연이 의문을 표하자 금낭이 웃었다.

"모두가 우려하던 마력과 행운은 허망하게 죽고, 힘과 재주도 마찬가지에, 심지어 지능마저 무너져 버렸는데······ 아무도 생각 안 하던 의지(Will)가 이런 모습을 보이다니."

작게 웅얼거리는 소리였기에 재연이 고개를 갸웃거린다.

"뭔 소리를 하는 거야?"

"형님이 대단하고 기특하다는 이야기죠."

씩 웃던 금낭은 서서히 다가오는 던전의 붕괴에 말을 이었다.

"일단 근처 정리부터 해 놓을게요. 다음에 던전 깰 때는 마왕이랑 대천사놈들도 좀 부르죠? 대우주의 존립이 걸려 있는데 독박이어서야 원."

한탄하는 순간.

팟!

재연은 자신이 우주 공간 한복판에 있다는 사실을 깨달았다.

"은하철도에서 던전에 갔었는데······ 아무래도 그 은하철도가 부서졌나 보네. 공짜로 이동 좀 하나 했더니."

재연은 우주적인 감각을 활짝 펼쳐 주변을 살폈다. 주변을 지나는 은하철도는커녕 몬스터도 느껴지지 않는다.

"아, 집에 언제 가나."

기나긴 시간 끝에.

황제가 현실에 돌아온 순간이었다.

* * *

34지구에 돌아오기까지 6개월이 걸렸다.

"와, 시발."

욕이 절로 나온다.

"우주 너무 넓어."

이마저도 주변을 지나던 함선을 타고 이동 후 몇 대 안 남은 은하철도를 타서 가능한 일이었지 그냥 내 힘으로 이동하려고 했다면 적어도 15년은 걸렸을 것이다.

15년.

그것도 황제 중에서도 최강 라인에 속하는 내가 모든 내공을 펑펑 쓰고 공간, 시간 속성까지 적극적으로 활용하고도 15년!

농담이 아니라 우주가 다 망하는 동안 이동만 할 뻔한 상황.

그러나 당연히 이동만 한 것은 아니다. 몽환의 미궁은 어디에서든 들어갈 수 있기 때문이다.

[황제의 귀환!]
[단 한 명의 황제가 할 수 있는 일.]
[던전 생성 77퍼센트 줄어. 믿을 수 없는 효과.]
[가히 신적인 업적이자 희생…….]
[구원자의 귀환일은?]

"와. 난리도 아니네."
"당연히 난리도 아니지. 그 안전하다던 34지구에서도 피해가 어마어마하게 생기고 있는 판인데."
침대에 누운 채 디스플레이로 업무를 지시하던 사랑의 말.
나는 그녀의 풍만한 나체보다 퀭한 두 눈을 보고 기막혀했다. 아무리 그래도 초월자인데 몹시 피곤해 보인다.
"괜찮은 거야?"
"아주 괜찮지. 크크크. 너 요새 네메시스 소프트 위상 아니? 우주 최고의 게임이야! 시가 총액 300경!!"
"와."
내가 마지막으로 확인했을 때 네메시스 소프트의 시가 총액은 6,000조 정도였다.

물론 그 사이에 결코 짧지 않은 시간이 흐른 건 사실이지만 아무리 그래도 그 크던 회사가 500배가 더 커진다는 게 말이 되는 소리인가?

멸망을 향해 달려가는 우주적 흐름에 편승했다 해도 불가능에 가까운 성장이다.

"사랑이 너…… 엄청 고생했겠네."

"고생은 네가 했지. 맨날 저주 맞아서 눈깔 뚫리고 했잖아."

"다들 그 이야기네. 시각적 임팩트가 큰가."

"당연히 크지!! 눈깔을 뚫고 벌레는 물론이고 쥐가 튀어나온다니까?! 괜찮은 게 이상한 거야!"

버럭하는 사랑이를 토닥이며 생각한다.

'다시 봐도 말이 안 되는 성장이야.'

이게 진짜 제대로 된 주식이었다면 누가 봐도 작전주로밖에 보이지 않는 결과.

그러나 뉴스판을 둘러보면 이해가 안 가는 것도 아니다.

[리벤지의 접속자 1,100조 돌파.]
[불가능을 넘어선 기적. 우주의 새로운 질서.]
[파괴된 문명의 구원자. 대우주를 선도하는 리벤지의 기술은?]

놀랍게도 리벤지는 더더욱 커져 우주 곳곳에 퍼져 나간 상태다. 머나먼 우주에서 알아서 설치한 중계기를 통해 온갖 우주 문명과 셀 수 없이 많은 하위 문명의 가입자를 빨아들인 상태!

물론 그들이 하는 건 [게임]이라 할 수 없다.

리벤지는 이미 새로운 세계.

그들 대부분은 플레이어로서 리벤지를 즐긴다기보다 그 안에서 휴식하고, 학습하며, 무엇보다 노동자로서 일하고 있다.

'잠깐.'

상황을 파악하다 멈칫한다.

'이 정도면 언터쳐블 클래스 가시권 아닌가?'

언터쳐블 클래스를 업데이트하는 데 필요한 흥행력은 6,000경(京).

시가총액 6,000조 시절에는 1만 배를 올려야 해 거의 포기한 상황이었지만…… 300경에서 6,000경이면 고작(?) 20배만 올리면 된다.

물론 쉬운 일은 아니다. 이미 네메시스 소프트는 너무나 커진 상태기 때문이다.

'하지만…… 슬슬 불가능해 보이지 않는 수준까지 왔어.'

그야말로 믿기지 않는 결과에 놀라고 있는 내게 사랑이 말했다.

"다만 문제가 있어."

"문제?"

"그, 당연하지만 마나 코인이 폭락할 수밖에 없거든?"

마나 코인은 실질적인 가치가 있는 재화다. 인챈트를 사용할 때 소모하면 인챈트 난이도와 시간이 감소하는 마법 재료.

그러나 당연하지만.

인챈트 마법사보다는 코인 생산자가 훨씬 많다.

"마나 코인의 가격이 아주 낮게 잡혀 있는데도 생산량이 과도해. 망한 문명이 너무 많고 그들은 정당한 노동을 할 수 있는 환경이 아니거든. 리벤지 말고는 답이 없는 거지."

"……그럼 마나 코인의 가격이 폭락하지 않아?"

내 물음에 사랑이 갑자기 비서라도 된 듯 공손한 태도로 답한다.

"그래서 제가 계속 사서 가격 방어를 하고 있었습니다. 너무 폭락하면 다들 코인 생산 안 할 테니."

"……얼마 정도?"

"1,550조."

"……."

나는 입을 떡 벌리고 사랑을 보았다. 네메시스 소프트를 굴리느라고 자금이 빠듯할 텐데 그만큼이나 자금을

빼다니?

네메시스 소프트야 망할 일 없겠지만 그녀 개인은 그대로 파산해 회사를 잃어버려도 이상할 게 없을 정도로 위험한 행동이었다.

이미 리벤지는 단순한 게임이 아니니, 농담이 아니라 정권 차원에서 움직였어도 이상할 게 없다.

"빨리 다 나 줘."

"감사합니다. 대표님!"

"공동 대표거든?"

나는 가지고 있는 재산을 써 그녀가 가지고 있던 마나 코인을 모조리 구매했다.

현실에서야 인챈트 말고는 쓸데가 없는 물건이지만 나는 아르데니아로 가져가 다이아로 바꾸면 그만이다.

사랑도 그걸 알고 있기에 챙겨 둔 것일 테지만, 문제는 내가 너무 오랫동안 던전에 잡혀 있었다는 것이다.

장난처럼 말하지만, 그녀에게 엄청난 위험과 압박이 몰려오고 있었을 것이다.

'……이 녀석.'

뭔가 먹먹한 느낌에 기막혀하고 있을 때였다.

"아, 저기 근데."

"문제가 또 있어?"

"이제 위험은 벗어났지만 마나 코인 폭락이 완전히 해

결된 건 아니거든. 여전히 생산량이 많아."

그리고 당연하지만 내가 돈이 많아도 그 모든 걸 다 사서 써 버릴 수는 없다.

내 재산의 대부분은 네메시스 소프트의 주식으로 묶여 있기 때문이다.

"……그럼?"

의아해하는 내게 사랑이 디스플레이 하나를 넘겨주었다.

[임무 의뢰서.]
1. 레온하르트 제국……
2. 테케아 연방……
3. 우주연합……
4. 캔딜러 성운……
……
21. 프라야나 해방 연대.

거기에는 마나 코인을 대가로 걸려 있는 온갖 임무들이 걸려 있다.

사랑이 씁쓸한 얼굴로 웃는다.

"어서 일하셔서 쌓인 마나 코인을 녹이셔야 해요. 여보."

"……."

 이 여편네가 오랜만에 들어온 바깥사람을 정말 우주 바깥으로 내몰려 하고 있었다.

chapter2.
황제의 귀환

chapter2.
황제의 귀환

"아이고, 여보…… 이제 막 집에 왔는데."

"……."

"응? 왜?"

"아니 왠지, 여보라고 하니까."

"먼저 해 놓고는."

왠지 어색해하는 사랑이의 모습에 나도 모르게 웃는다.

'그리고 보면 이미 부부 이상의 공동체이긴 하지.'

경제 공동체이기도 운명 공동체이기도 하다. 악독한 비즈니스 모델로 유명할 뿐이었던 리벤지를 대우주 최대(最大)의 게임이자 멸망한 문명의 생존자들의 피난처로 만든 존재.

사적인 이득이나 배신 없이 회사를 여기까지 키울 수 있는 그녀는, 솔직히 말해 그 어떤 초월자보다, 심지어 황제 클래스의 강자들보다 희귀한 존재다.

그녀가 없었다면 나는 절대 여기까지 올 수 없었을 것이다.

"좀 더 쉬고 가면 안 될까?"

"좋아…… 아?"

그렇게 말한 사랑이 멈칫한다. 거의 척수 반사급으로 답한 후 후회하는 모습. 잠시 바들거리던 그녀가 오른손을 번쩍 든다.

짝!

내 등짝을 후려친 사랑이 소리쳤다.

"좋지만! 정신 차려!! 지금 우주가 위험에 처했는데!!"

"오랜만에 왔잖아."

"여기 오는 건 오랜만이지만 보기는 자주 봤잖아! 아르데니아에서 보면 되지! 지금 너 기다리는 사람이 얼마나 많은 줄 알아?"

"……나 기다리는 사람?"

과연 그녀의 말대로.

사랑의 닦달에 집무실을 나간 나를 만나고자 하는 이는 무수히 많았다. 심지어 그중 몇은 나조차 그냥 무시하기 힘든 이들이다.

"하하. 오랜만에 다시 만나게 되어 반갑습니다."

"늦었지만 재선 축하드립니다."

"축하는요. 두 번 정도만 연임하고 말려다 등 떠밀린 거지."

대한민국의 대통령, 천종명의 말대로 그의 연임은 별로 어려운 일이 아니었다고 한다. 정의신과 진실신. 그리고 명예신의 권역 아래 있는 34지구의 정치인 생활은 결코 쉽지 않기 때문이다.

평소에도 정치인 부족으로 정의교단의 도움을 많이 받는 34지구였으니 몬스터들의 공격으로 온 우주가 위기인 상황에서 새로운 대통령감을 구하긴 힘들었을 것이다.

"그래서. 어떤 일 때문이시죠?"

당연한 말이지만 상당한 무례다. 아무리 정치인의 권위가 대단치 않은 34지구라 해도 대통령한테 빨리 용건이나 말하라는 태도이기 때문이다.

그러나 당연하게도 천종명은 기분 나빠하지 않았다.

"우주에서 가장 바쁘신 분이니 쓸데없는 이야기로 시간을 뺏을 수 없지요. 수성과 화성에 있는 황제급 던전 6종과 주변 몬스터들을 제거해 주셨으면 합니다."

"34지구의 전력이라면 황제 클래스라도 충분히 감당할 수 있지 않습니까?"

이 말은 사실이다. 수성이나 화성에도 있는 황제급 던

전이 왜 지구에는 하나도 없겠는가?

 아무리 34지구라 해도 황제급 강자는 없으니 던전에 들어가 클리어 할 수는 없지만…… 던전이 폭주해 밖으로 나오면 이야기는 완전히 달라진다.

 무지막지한 마법적 기반과 인프라. 그리고 게임신의 권능이 담긴 병기를 다수 보유한 34지구는 황제 클래스의 몬스터라 해도 그냥 박멸해 버릴 수 있다.

 녀석들이 몰래 침투해 온다면 불가능하겠지만 던전이 현실에 등장한 후 폭주하기까지 시간이 있으니 대비하기에 충분한 시간.

 심지어 몬스터를 쏟아 낸 던전은 내구가 급격하게 떨어지기에 회복되기 전에는 외부에서 파괴할 수도 있다.

 "그렇게 지구는 지킬 수 있습니다만 수성과 화성은 다르지요. 권능 병기나 금단 병기를 지구 밖으로 내보내는 건 너무 위험하고…… 충분한 인프라가 없다면 기동하는 데 드는 비용도 너무 커지니까요."

 "수성과 화성을 포기할 수는 없다는 말이군요."

 "저희 34지구는 우주로 뻗어나가는 대신 태양계에 집중하는 세력이니까요. 현재 수성과 화성의 인구가 대폭 줄어 새롭게 등장하는 던전도 없으니 청소만 한번 해 주시면 됩니다."

 "대가는요?"

"리벤지 운영을 위해 필요한 중계기 1천 기를 제작. 가까운 문명 순으로 분배하겠습니다. 모든 비용과 과정은 저희가 처리하지요."

대우주에서 가장 부유한 편에 속하며 그 부유한 것보다도 더 많은 물자와 장치를 가진 34지구이기에 할 수 있는 제안.

나는 고개를 끄덕였다. 이미 최대로 부른 게 뻔한데 수준 떨어지게 흥정할 필요가 없다.

"좋습니다. 즉시 움직이죠."

한국 정부 다음은 강철계다.

[초월인자 다수가 필요합니다. 10개 이상. 가능하다면 30개까지.]

나는 게임 마스터가 없을 경우 강철계의 지배자나 다름없는 존재. 초월전함(超越戰艦) 알바트로스의 관제인격 지니의 제안에 고개를 끄덕였다.

"안 될 것 없죠. 다만 드래고니안에서 초월인자 하나당 3조의 돈을 줬다는 걸 말씀드리고 싶군요."

[아니, 이 용들이 정신이 나갔나……? 양산 가능한 영약에 3조?]

사실 333조였지만 그건 드래곤들이 잘 태어나고, 자랄 때까지 지켜 주는 모든 과정이 포함이니 별개의 이야기.

지니는 요새 돈 쓸 일이 많은지 바로 돈으로 주기보다

조건을 걸었다.

[1조 3,000억씩 15개 구매하겠습니다. 대신 강철계산 기가스를 마나 코인으로 판매하겠습니다. 가격은 이 정도고…… 강철계의 신용을 걸고 이 가격을 100년간 보증하지요.]

"콜."

34지구의 권력자 다수를 만난다. 나에 대한 파악이 끝난 듯, 또 나를 찔러 볼 생각이 전혀 없는 듯 그들 모두가 괜찮은 제안을 했기에 협의는 순식간에 끝난다.

흥.

강철계를 나와 광화문 광장을 걷는다.

[누구의 동의도 구하지 않은 떠밂. 과연 옳은 일인가?]
[필요라는 이름으로 강요된 희생. 나는 긍정하지 않는다.]
[천재 마법사 일남아. 언제나 널 사랑하고 그리워.]
[무분별한 이민자 유입 반대한다! 정부는 각성하라!]

대체로 한가한 분위기였던 광화문 광장 여기저기에 시위를 하는 사람들이 보인다.

'분위기가 흉흉하군.'

과거의 한적한 분위기를 기억하는 내게 34지구의 분위

기는 대단히 낯선 종류의 것.

그러나 대우주 전체의 상황을 생각해 보면 이 분위기는 평화 그 자체나 다름없다.

사회가 유지되고만 있어도 우주 1티어인데 34지구는 그 이상.

사람들 표정이나 좀 안 좋은 정도다.

위잉!

고층 건물에 들어가자 누굴 만날 것도 없이 목적지에 도착한다.

34지구에서 만날 마지막 거물, 배재석 회장이다.

"오랜만입니다. 어르신."

"아. 각오를 했는데도 스트레스 받네……."

"왜 보자마자 그러십니까."

재석의 말에 툴툴거렸지만 나도 이제 그의 마음을 이해한다. 아마 나를 보기만 해도 화가 날 것이다.

나도 미스릴 자식을 볼 때마다 그렇다.

'나는 녀석을 조질 수라도 있지.'

동질감에 사람 좋게 웃어 주자 재석의 얼굴이 일그러진다.

"아. 수명 준다, 씨발."

"욕하지 마시고……."

"난 이미 수명이 다했어. 스트레스 받으면 죽으니까 참아, 새끼야."

"막나가시네……."

세계의 경지를 좌우지하던 시대의 거인은 길게 말하고 싶지 않은 듯 품에서 금속 쪼가리 하나를 꺼내서 던졌다.

받아 보니 손가락만 한 크기의 열쇠다.

"관대하 녀석이 따로 쓰라고 넘겼던 은하철도다. 짐은 자주 날랐지만 손님을 태운 적 없으니 노선을 자유롭게 설정할 수 있을 거야."

"……그럼?"

"34지구에 자주 와라, 이 망할 자식. 사랑이를 챙겨."

거기까지 말하고 가쁜 호흡을 내뱉는다.

온갖 권능과 기술의 보정을 받고 있는 그의 육신은 어지간한 초월자를 넘어설 정도로 강대하지만, 그럼에도 그의 수명은 끝나가고 있다.

"언제나 저 이상으로 아끼고 사랑하겠습니다."

차분하게 답하자 일그러져 있던 재석의 얼굴에 슬쩍 미소가 나타났다 사라진다.

"그럼 꺼져."

그걸 마지막으로 34지구에서의 일정을 마친다.

물론 그들 말고도 요청은 많았다. 정치인, 기업가, 심지어 방송가에서도 100억이라는 돈으로 30분 인터뷰를

요청하는 상황.

그러나 일정이 바빠 그 모든 제안은 퇴짜 놓거나 사랑이에게 맡길 수밖에 없었다.

은하철도의 수가 줄어 다음 열차를 놓치면 두 달을 기다려야 했기 때문이다.

[던전 클리어!]
[신기록 갱신!]
[나의 클리어 타임 : 9분 12초.]
[영원의 전장을 클리어 하셨습니다!]
[챌린지 토큰×841 외 특수 아이템을 획득하였습니다!]

열차 시간까지는 던전을 공략했다.

[영원의 전장을 클리어 하셨습니다!]
[구원의 방주를 클리어 하셨습니다!]
[구원의 방주를 클리어 하셨습니다!]

34지구도 원정으로는 해결할 수 없어 고민하던 던전들이지만 당연히 나에게는 아무런 문제도 되지 않는다.

거지 같은 저주를 줄줄 흘리던 다크스타에 비하면 차원문의 수호자 백우와 복수의 여신 모리안은 그야말로 선녀 같은 존재기 때문.

초월인자 생성은 더 쉽다. [신체]가 천급에 이르면서…… 이제 난 너무나 쉽게 인자를 생산할 수 있게 되었기 때문이다.

음식물과 몸을 회복할 시간만 충분하면 그만이기에 아르데니아에서 왕창 생산해 넘겨 버렸다.

"너무 무리하지는 말고."

"너나 무리하지 마. 너 치유 마법진 위에서 살 때…… 솔직히 다 때려치우라고 하고 싶었을 정도니까."

불과 몇 시간 내에 모든 상황을 정리한 난 툴툴거리는 사랑을 안아 준 후 용병청으로 향했다.

[지금 레온하르트 제국 천목성(天木星). 천목성 가는 열차가 접근하고 있습니다. 탑승자분들께서는 저항력을 낮춰 주시고 워프 충격에 대비해 주십시오.]

[다시 한번 안내해 드립니다. 지금 레온하르트 제국 천목성(天木星). 천목성 가는 열차가 접근하고 있습니다. 탑승자분들께서는 저항력을 낮춰 주시고 워프 충격에 대비해 주십시오.]

"다행히 이 노선은 살아 있네."

은하철도에 타 한숨을 내쉬는 내 내면에서 말을 거는

이가 있었다.

-능수능란하구나. 나는 지켜만 봐도 정신이 하나도 없는데…….

-제가 누구라고 생각하시는 거예요? 황제예요 황제.

지금이야 운영에서 완전히 손을 뗐지만 예전에는 영지고 제국이고 거의 다 내가 굴려야 했다. 치트 능력에 유능한 부하들이 많았지만 그렇다고 내가 할 일이 적은 건 아니었다.

수많은 사람의 인생과 삶을 통제하고 이끌어가는 일은 열심히 하면 할수록 할 일이 많아지기 때문이다.

-힘들지 않니?

-힘들건 뭐건 해야 할 일이죠. 제 자식이나 다름없는 것들인데.

-…….

무심코 한 대답에 어머니가 멈칫한다. 나는 아차했다.

-그러니까 내 말은.

-미안하다.

-아이고.

한숨 쉰다. 어머니가 한탄했다.

-그때는 내가 너무 어리석고 생각이 없었어. 내 세상은 너무나 좁아 너를 생각할 겨를이 없었단다. 나는, 어미라는 존재가 자식을 포기한거나 다름없는.

chapter2. 황제의 귀환 〈103〉

-아, 네.

당연한 말이지만.

지금에 와서 어머니의 사과는 내게 아무런 울림도 주지 못한다. 워낙 예전의 일인 데다가…… 나는 내게 처한 상황을 비극으로 받아들였던 것이지 어머니 자체에 대한 원망은 그리 크지 않았기 때문이다.

솔직히 말해.

어머니랑 아버지 악몽으로 얻은 깨달음이 몇 개인데 아직까지 원망하는 것도 웃긴 이야기다.

어머니가 먼저 '다 내 덕에 잘된 거지.'라고 말하면 기꺼이 패륜을 벌여 주겠지만, 나 스스로 생각하면 그렇단 말이다.

"다시 말하지만."

이제는 우주적인 스타가 되어 버린 나를 바라보는 다른 승객들을 피해 좌석을 격리하며 말한다.

"미안 금지예요. 더 미안하다고 하면 그때 악의적으로 나를 방치했다고 생각할 겁니다."

-미안…… 아니, 알았다.

어머니의 입을 막고 재석에게 받은 키를 조작한다. 노선은 이미 생각해 둔 바가 있었다.

'마지막에 갈아타면…… 완벽하겠군.'

"아, 굳이 말하자면 사과를 받고 싶은 녀석이 있긴 하네요."

−……사과를?

"네."

피식 웃으며 일과를 진행한다. 다크스타랑 너무 오래 놀아 바쁘다.

은하철도에 타 있을 때에는 미궁 20층을 싹 돌며 황제급 던전을 정리하고.

은하철도에서 내리면 임무를 맡긴 문명들을 도왔다.

[폐하. 저희 문명을 구원해 주십시오……! 저희는 모든 걸 바쳐서…….]

"바빠."

[저희를 받아주십시오……! 저희는……!]

"98지구로 찾아와."

필수적인 임무를 싹 정리하며 목적지로 향한다.

그리고 아주 예외적으로, 나는 임무가 없는 우주 문명에 내렸다.

스프링 연방.

아니 이제…… 남궁제국이라 불리는 곳.

"안녕. 잘 지내나?"

"……."

태연한 내 인사에.

거침없이 인류제국을 떨치고 나아간 검의 황제가 이기

어검을 쏘아 냈다.

콰득.

손을 뻗어 잡는다. 날아든 검은 단순히 영기(靈氣)만을 휘감은 이기어검이 아니라 극도의 강기가 함께 압축된 권능기였지만 신이 쏟아 내는 공격을 끝없이 버텨 오던 내게는 아무런 의미도 없다.

나는 빛의 태극으로 강기를 흘리고 육체 능력으로 검을 잡아챘다.

우우웅--!!

이기어검이 요동친다. 본체의 경지를 일부 반영하는 이기어검의 물리력은 산을 매달고 대기권도 돌파할 정도였지만…… 권능의 영역에 도달한 근력에서 벗어날 수는 없었다.

"……더 강해졌군."

"오. 강해졌나? 진짜?"

기꺼운 소리에 웃는다. 다크스타와의 전투에서 죽을 고생을 하고 시간도 엄청나게 썼음에도 그만큼의 성장을 이뤄 내지는 못했기 때문이다.

'고생한다고 강해지기엔 지금 수준이 너무 높긴 하지.'

신체 요소가 천문을 열었고 광태극을 12성 대성했다. 속성력 제어가 월등히 상승했고 마법 수준도 현격하게 늘었다. 저주 저항이 그야말로 신의 경지에 이르렀으며 스트레스 블레이드도 더욱 강렬해졌지만.

그럼에도 내 레벨은 1도 늘지 않았다.

다크스타를 만나기 전의 나와 지금의 내가 싸운다면 승률은 60퍼센트를 넘지 못할 것이다.

비등비등하다는 말로 내가 백수십 년을 고생했다는 걸 생각하면 정말 역대급으로 느린 성장이다.

쉬며 보냈으면 또 몰라 고통과 시련으로 보낸 시간이니 더더욱 그러하다.

"이 와중에 그런 걸 신경 쓰는 건가……."

기가 막힌다는 표정을 짓는다. 남궁일검을 보며 다시 웃는다.

배은망덕한 배신자라며 비분강개하는 신하들이 많지만…… 사실 나는 녀석에게 별다른 악감정이 없다.

녀석이 일종의 '실험체'로 자원했기에…… 인류제국은 다수의 황제 클래스를 확보할 수 있었다.

[대천사] 클래스를 얻은 에드워드와 하모니.

[마왕] 클래스를 얻은 레드.

그뿐이 아니다.

'추가적인 황제 클래스를 얻을 방법도 생겼지.'

하모니를 황제 클래스로 만드는 데 성공하며 업데이트와 패치를 통해 황제 클래스를 만들어 낼 수 있다는 사실을 확인했다.

최종적으로 9명 제한에 걸리겠지만…… 그것은 98지구에, 또 대우주에 엄청난 영향을 끼칠 것이다.

 어디 그뿐인가? 남궁일검이 인류제국을 벗어나 독립했다 해도 녀석은 매일매일 바쁘게 [일]하고 있다.

 하긴 제 것이 된 남궁제국을 어찌 내팽개치겠는가?

 녀석은 현실에서 매일 싸우고 미궁에서도 미친 듯 던전을 클리어 하고 있다. 미궁이야 특성을 얻기 위해 깨는 것이겠지만 녀석의 존재는 틀림없이 대우주에 도움이 되고 있는 것!

 그리고 무엇보다.

 엄밀하게 말해 녀석은 내 부하로 있던 남궁일검이 아니다.

 [폐하, 무슨 일이라도 있으십니까?]

 그때 밖에서 목소리가 전달된다. 남궁일검이 답했다.

 "별일 없다. 휴식을 취해야 하니 접근하지 말도록."

 그 말을 끝으로 다시 나를 바라본다. 나 역시 그를 보았다.

 '또 다르군.'

 무림맹주 시절의 남궁일검은 야심만만한 사내였다. 권력을 위해 명 황제에게 붙었고 세력을 위해 비겁한 짓도 서슴지 않던 간웅(奸雄).

 신화 카드를 받은 남궁일검은 허허로운 분위기의 노인

이었다. 모든 것에 초탈한, 생각보다 제 역할을 잘 수행하던 초월자.

그리고 지금은.

"남궁일검. 나를 어떻게 기억하지?"

"괴물."

녀석의 분위기는 또 다르다. 태산을 압도할 기세와 거대한 살기를 갈무리한, 살아온 인생보다 훨씬 더 긴 기억을 전승받은, 멸망한 대륙에서 영원히 몬스터와 싸우던 복수자.

최후의 검황, 남궁일검.

"괴물이라니. 너 검신 때는 나름대로 잘 따랐잖아."

녀석을 보니 신기하다. 안 그런가? 고작 백수십 년을 살았을 검신보다 수천 년은 살아온 검황이 더 혈기 넘쳐 보이는 상황.

이를 악문 남궁일검이 말한다.

"너는…… 대체 뭐냐?"

"뭐가?"

"무릉도원을 지탱하던 신석(神石)을 삼켰다. 후회는 없어. 어차피 멸망할 운명이었으니까. 수천 년을 투쟁했다. 오직 검에 대해 궁구했어! 나는 인류의 종점이고, 극점이다. 나는 아르데니아의 역사이자 신이었다고!"

그것은 황제 클래스 검황의 인물 배경이다. 그의 창조

주인 사랑이에겐 '어떻게 하면 인간이 황제 클래스가 될 수 있나?'라는 질문에 대해 그럴싸하게 짜낸 설정일 뿐이지만.

적어도 녀석에게는 직접 겪은 자신의 과거일 것이다.

"그래서?"

"그래서. 그런데도…… 이 몸에 깃드는 순간 너와 대적하겠다는 생각조차 없어지더군."

인류제국이라고 반란이나 소요 사태가 안 일어나는 것은 아니다. 귀족 세력과 그 후계자들이 집단을 형성해 독립을 외친 적도 있고 내가 잘 활동하지 않던 시기에는 꽤 많은 플레이어들이 반란을 모의한 적도 있다.

그러나 당연히 모두 실패했다.

아니, 실패하는 수준을 넘어 정도 이상으로 사건이 커지지 않는다. 나를 아는, 초월자 이상의 존재는 절대 가담하지 않기 때문이다.

'참 이상하게 다들 내가 수련하고 싸우는 걸 보면 학을 뗀단 말이지. 일반인도 아니고 초월자인데.'

내심 신기해하는 내게 남궁일검이 말했다.

"너는 뭐냐? 사람이 맞나? 어떻게…… 세상에 너 같은 존재가 있을 수 있지?"

"……."

나는 흔들리는 남궁일검의 눈을 보았다.

'제멋대로 독립한 줄 알았는데…… 아니었군.'

남궁일검은 도망갔다.

황제 클래스의 드높은 프라이드는 자신이 '압도'되었다는 사실을 받아들이지 못했다.

벼는 익을수록 고개를 숙인다지만, 거대한 태산은 하늘을 찌를 듯 고고하지 고개를 숙일 줄 모르는 까닭이다.

태산이 고개를 숙일 때는 그것이 무너져 내렸을 때뿐이다.

"흠. 적당히 하고 가려고 했는데 안 되겠네."

후웅.

마음속에서 무검을 꺼내 든다. 단숨에 주변을 짓누르는 압력에 남궁일검은 발작적으로 두 개의 이기어검을 더 불러냈지만…… 결과는 이미 판가름 난 것이나 다름없다.

같은 황제 클래스라지만…… 남궁일검과 내 전력 차는 그야말로 압도적이기 때문이다.

"너."

다시 말하지만 녀석에게 악감정은 없다.

교수 밑에 있던 학생이 노벨상을 탔다면 교수가 아무리 위대한 존재라 해도 독립시켜야지 영원히 아래에 두는 건 사리에 맞지 않기 때문.

그러나.

뻑!

"컥!?"

광속펀치에 피를 토하며 뒤로 물러서는 남궁일검을 보며 웃었다.

"세계관을 제대로 확장해야겠다."

독립시킬 때 독립시키더라도.

제 잘난 맛에 사는 우물 안 개구리가 되게 하면 안 될 일이었다.

* * *

난세에는 영웅이 등장하는 법.

그 난세가 우주적인 규모라면, 등장하는 영웅 또한 우주적인 규모다.

"황금용제(黃金龍帝)! 맙소사. 전설이라고 생각했는데……."

영원의 마법 소녀. 강보람이 새로운 황제 클래스가 되어 활약하기 시작했다. 던전을 클리어하고 절대 권능, [황금용의 인도]로 우주에 흩어져 있던 용족들을 드래고니아로 던지는 등 활약하는 것.

"창황(槍皇)? 말도 안 돼. 괴상한 녀석이긴 하지만 녀석에게는 재능이 없었어. 사실 초월자도 말이 안 되는

데…… 당연히 [떠밀림]에 죽어야 하는 거 아닌가?"

"그런데 녀석은 안 죽지."

"……아니 그러고 보니?"

창황, 랜슬롯은 현실에서 거의 활동도 안 하고 미궁에서 살았다. 그는 로그인&로그아웃 능력을 가진 재연과 다른 방식으로 끝없는 지구력을 가진 존재.

지치면 죽었다가 다시 살아나면 그만이다.

[미궁이…… 리젠되지 않아. 제거하면 끝이다!]

-오오 살았어…….

당장이라도 멸망할 것 같던 대우주가 천천히 안정을 되찾아 간다.

이미 대우주로 나간 던전과 몬스터는 어쩔 수 없었지만…… 몽환의 미궁에 생성된 던전들이 100배의 시간 속에서 처리되자 한결 여유가 생기는 것.

심지어 그 누구보다 미궁 활동에 적극적인 인황(人皇)이 고작 돈. 그것도 노동력만 있으면 생산 가능한 마나 코인을 받고 우주를 누비기 시작한다.

과거라면 영능력자만이 생산 가능한 마나 코인을 만드는 건 결코 쉽지 않은 일이겠지만…… 몽환의 미궁을 돌아 특성 [마나 각성]을 습득하면 그만인 근래는 상황이 다르다.

점점 안정을 되찾기 시작하는 우주.

그리고 그 와중 충격적인 소식이 전해졌다.

"용신(龍神)이 탄생했습니다."

"대상은?"

"당연히…… 용황이지요. 응룡은 늙은 데다 명망이 부족하니까요."

"우주가 위기는 위기군. 신의 탄생이라니."

온 우주가 술렁인다.

신의 탄생.

과거에도 드물었고, 창조신이 세계의 시나리오에 관여하지 않은 이후로는 처음 있는 일이다. 신이라는 존재는 대부분 타고나거나 창조신의 시나리오에서 탄생하지 하위의 존재가 도달하는 경우는 극히 드물기 때문.

"그럼 이제 언터쳐블급 던전도 안심인 건가?"

수많은 사람들이 그렇게 기대했지만 막상 그렇게 되지는 않았다. 용신은 미궁에 들어가지 않고 드래고니아만을 지켰기 때문이다.

수많은 문명이 파괴되고 심지어 제국급 세력도 상당수 멸망의 길을 걸었다. 그렇게 쪼개진 세력은 우주 곳곳으로 흩어져 새로운 세력을 형성하기도 했고 혹은 자신이 기댈 새로운 피난처를 찾았다.

"에드워드, 피난민이야."

"몇 명?"

"인구는 3억 7천만…… 명? 아니 이건 마리라고 해야 하나?"

"마리?"

"루테 행성에서 온. 그러니까 루테인이야."

"아, 주토피아. 레온하르트 제국도 엉망이긴 한 모양이네."

다수의 황제 클래스가 존재하는 98지구는 대우주에도 몇 없는 피난처였기에 수많은 피난민들이 문명의 모든 인력과 재산을 가지고 투신했다.

98지구 입장에서도 나쁜 일은 아니다.

피난민이라곤 하지만 하위 문명의 난민과는 상황이 다르다. 우주라는 거대한 장벽을 넘어온 이들은 대부분 거르고 걸러진 존재.

새로운 개척지나 다름없는 98지구는 자본도, 인재도, 인구도 부족하니 미래를 위해서라면 무조건 받아들여야 한다. 그들의 힘이 98지구에 위협이 된다면 또 모르겠지만 98지구에는 두 명의 대천사와 한 명의 마왕이 있지 않은가?

자아를 지키기 위해 [계승]을 불완전하게 받아 황제 턱걸이나 다름없지만…… 그럼에도 그들은 황제 클래스고 무엇보다 클래스로 인한 막대한 보정이 있다.

경지가 황제 턱걸이지 실질적인 전력은 그렇지 않다는

소리.

그러나 문제가 있다.

그 피난민을 추적하고 있는 무지막지한 규모의 몬스터 무리가 있기 때문이다.

"황제급이 여섯."

"돌겠네……."

그야말로 매일매일이 이벤트. 몽환의 미궁이 안정화되어 한 번 정리하면 리젠이 없다는 건 다행이지만…… 당장이 문제다.

"전부하고 싸울 수는 없어. 일부는 받고 일부는 방향을 돌려 몬스터 무리를 나눠야 해."

우우우웅---!!

에드워드의 등에서 열두 장의 날개가 펴진다.

황제 클래스 대천사.

'늘 어색하단 말이지.'

마법을 익히다 마왕 클래스를 각성한 레드나 그랜드엔젤의 기억을 가지고 찬트를 중점적으로 수련하다 대천사로 각성한 하모니와 그는 상황이 다르다.

그는 무인.

에드워드라는 동일 인물에서 뻗어 나간 존재라곤 하지만…… 대천사 에드워드와 무인인 에드워드는 완전히 다른 존재다.

스펙 업은 당연히 있지만 대천사로서의 힘과 무인의 힘을 통합하기 위해서는 더 많은 실전과 수련이 필요하다.

"아!"

그리고 아마 그렇기 때문일 것이다.

에드워드보다 하모니가 상황을 먼저 파악한 것은.

"……아!"

차분하던 하모니의 얼굴이 활짝 펴진다. 에드워드는 대번에 상황을 파악했다.

"오셨구나?"

한편 98지구로 향하는 우주선 안.

온몸에 붉은 기운을 휘감은 청설모가 초조한 표정으로 레이더를 보았다.

"마중. 마중은 없어?"

"없습니다. 거리가 너무 멀어요!"

"안 돼…… 이러다 따라잡히겠어!"

"썬더. 지금이라도 피난민 일부를 떼어야 해. 속도에 제한이 걸린다고."

"워터! 거의 다 왔다고! 지금 무슨 소리를 하는 거야?!"

다섯 마리의 다람쥐가 털을 빳빳이 세운 채 논쟁하고 있다. 그럴 수밖에 없다. 그들의 바로 뒤에 하나하나가 그들의 문명을 멸망시키고도 남을 괴물 여섯과 스물이 넘는 초월급. 그리고 셀 수도 없이 많은 몬스터 군단과 그들을 태우고 있는 수백 척의 전함이 추격 중이었기 때문이다.

"끝장이야…… 설사 도착해도 98지구가 이만한 몬스터를 처리할 수 있을까?"

"제길. 이럴 거면 차라리 방향을 꺾는 게 나을 수도 있어. 애꿎은 문명을 끌고 들어가는 걸 수 있다고."

"1년 넘은 도주의 결과가 겨우 이거라니……."

우주선 안에 침중한 분위기가 흐를 때였다.

"그래도 기특하네. 피해를 끼치느니 다시 방향을 꺾는다는 이야기가 나오다니."

"……!?"

"무슨!?"

난데없는 목소리에 파워포스 멤버들이 기겁해 몸을 돌린다.

거기에는 루테인과 완전히 다른 외향의 인간 하나가 앉아 있다.

"적!?"

"아무리 그래도 그렇지 아무런 기척조차 없이 우주선 안으로 침입한다고!?"

모두가 기겁하는 순간. 전격을 일으키던 썬더가 멈칫한다.

"어? 당신은……."

"오랜만이에요. 썬더."

씩 웃으며 손을 뻗어 그의 동글동글한 머리를 슥슥 쓰다듬는다. 무례라면 무례라고 할 수 있는 행동이었지만 파워포스의 리더 썬더는 항의하지 않았다.

오히려 그 표정에는 기쁨이 차오른다.

"한재연 님!?"

"네. 접니다."

피식 웃는 순간 전면에 있는 디스플레이어에 우주에 떠오르는 수백 수천 개의 꽃잎이 떠오른다.

"애쓰셨어요."

그리고 이내.

그 꽃잎들이 폭발했다.

팟--!

모든 광경이 비현실적이다. 핵폭탄도, 빔 공격도, 심지어 영자력 포나 극대소멸탄도 효율적으로 막아 내던 전함들의 외부 장갑과 거대 괴수의 외피가 거짓말처럼 잘려 나가고 그 안에 있는 내부 공간과 동력부, 그리고 전투를 준비하던 몬스터의 모습이 드러나는 광경.

그리고 그 모든 것은.

콰득.

휩쓸려 사라진다.

"맙, 소사."

"이게 무슨……."

루테 행성 최강의 기가스 파일럿이자 우주적인 스타인 파워포스 레인저. 그러니까 다섯 속성의 다람쥐는 멍한 표정으로 디스플레이를 바라보았다.

그들 역시 예전의 파워포스 레인저가 아니다. 현실과 미궁에서의 기나긴 투쟁으로 그들은 [떠밀림] 없이도 초월의 경지에 올랐으며, 지켜야 할 대상을 노리는 적이 강하면 강할수록, 그것의 상황이 위태로우면 위태로울수록 강해지는 수호성좌(守護星座) 파워포스의 힘은 어지간한 신급 기가스를 넘어선 상태였기 때문이다.

고작 공작령 소속 세력에 불과한 루테 행성이 보유하기에는 너무나 강력한 힘!

과거였다면 레온하르트 제국의 견제를 받았을 정도로 무시무시한 전력을 가지게 된 그들이었지만…… 그럼에도 지금 이 광경에는 그저 압도될 뿐이다.

파이어가 황급히 썬더에게 영언을 날렸다.

-아니, 이게 뭐야. 아무리 황제 클래스라도 이게 말이 되나?

-그러게…… 우주함대가 도망도 못 가네.

황제 클래스의 강자는 제국급 세력도 무너트릴 수 있는 우주적인 존재이지만 아무리 그래도 한계라는 게 존재한다. 우주에서 우주선을 침몰시키는 게 쉬운 일이 아니기 때문이다.

초대형 아이언 하트를 장착한 우주 전함들의 배리어는 어지간히 거대한 출력이 아니고서야 뚫리지 않으니 황제 클래스라도 제대로 힘을 투사해야 하고 아주 특수한 계통을 각성하지 못한 이상 아무리 황제 클래스라도 우주에서 우주선을 따라잡는 건 쉬운 일이 아니다.

무려 여섯이나 되는 황제 클래스가 쫓아오는데 그들을 상대로 년 단위로 도망치는 게 어찌 가능했겠는가? 정면으로 붙지만 않으면 이 광대한 우주를 배경 삼아 회피는 가능했기 때문이다.

그러나 지금, 한재연의 공격은 그 모든 상식을 깨부쉈다.

견즉필사(見卽必死)!

그들의 우주선에 서 있는 재연의 손짓 하나에 그들을 추격하고 있던 무수한 전함들이 모조리 박살나고 있다.

-그, 98지구에서 세력을 끌고 왔을 수도 있어.

-레이더에는 아무것도 안 잡혀. 혼자라고! 이게 말이 돼?

-아니 레이더에 뭔가 잡…… 헉! 황제급 몬스터 하나가, 아니 둘, 셋이 검에 찔려 죽었어!

-……이기어검. 맙소사.

그들이 수군거리는 사이 전투가 끝나 버린다.

그들이 몇 년이나 이어 온 도주극이 허망할 정도의, 그야말로 압도적인 박멸을 해낸 재연이 특별할 것도 없다는 표정으로 웃는다.

"98지구로 갑시다. 마침 저도 가던 중이라."

"아, 저기, 말 낮춰 주세요. 저희가 그……."

"그럴까?"

재연이 싱긋 웃는다. 본디 그는 적이 아니면 쉽게 말을 놓지 않는 편이지만…… 이 다람쥐들은 너무나 귀엽다.

"와와. 위명은 많이 들었지만…… 엄청나시네요."

"구해 줘서…… 고마워."

"감사."

다섯의 다람쥐가 굽실굽실 감사를 표한다. 루테인 최강의 전사이자 초월자인 그들이었지만 과거와 그리 다르지 않은 모습.

그들뿐이 아니다.

"으아아! 살았다!"

"감사합니다!"

"우리 이제 땅으로 내려갈 수 있는 거야?"

"고기! 고기 먹자! 땅에 내려가면 먹을 수 있는 거지?"

재연은 함교의 승무원들이 떠드는 소리를 잠시 듣다가 용병증을 꺼내 통역 기능을 껐다.

참을 수 없었다.

"야옹! 야옹 야옹!"

"워우우!! 워우우우!! 왕왕!"

"호루루! 호루루루!"

"이히힝!! 힝힝!!"

"와. 나야 통역기로 통한다 쳐도 자기들끼리는 그거 없이도 대화가 된다는 게 신기하네."

귀를 어지럽히는 동물들의 소리에 재연이 웃고 있을 때였다.

-폐하!

-금방 들어갈게. 좌표 보내 줄 테니 아이템 회수해 주겠어?

-네. 기다리겠습니다.

짧은 통신을 끝마친 재연이 썬더에게 고갯짓한다. 그걸 본 썬더는 즉시 모든 피난선에 통신을 날렸다.

[98지구로 향하겠습니다!]

[아니, 이게 뭐요…… 몬스터가 다 죽은 겁니까? 백만은 넘어 보였는데…….]

[그 꽃잎이야 거대 기공이라고 치고…… 꽃잎에 안 맞은 몬스터도 모조리 죽었소. 이게 대체 어떻게?]

[인황…… 소문은 들었지만.]

다른 함선의 함장들이 혼란에 빠져 떠들어 댔다. 다수의 적을 상대로 재연이 주로 사용하는 [천검-백인참&천지검] 콤보를 이해하지 못하니 당연한 일이다.

로그인&로그아웃 능력으로 재연은 장기전에 특화된 능력을 보여 주고는 했지만.

게임 능력과 본신의 기술로 인한 그의 전투 방식은 무엇보다 대규모 학살에 특화되어 있다.

[자자! 모여서 이동합시다!]

[우리 받아 주겠죠? 식량이 다 떨어져서 이제 어디 갈 여력도 없습니다!]

[우리 루테인도 인(人) 아닙니까? 외모가 좀 다르긴 하지만……]

[솔직히 좀이 아니긴 하죠. 가끔 저희 루테인과 맺어지는 인간들이 있긴 한데 동족들한테 혐오 받는 취향이라 하니……]

그들이 수군거리는 사이에도 함대는 전속력으로 이동해 98지구로 접근했다. 사실 어떤 문명에 이만한 규모의 함대를 접근시키는 건 너무나 위험한 일이지만 98지구는 물론이고 접근하는 함선의 함장들도 전혀 걱정하지 않았다.

그들 사이에 재연이 떠 있는 이상…… 감히 다른 생각을 할 수 있는 환경이 아니다.

번쩍!

98지구의 대기권 밖으로 두 개의 빛과 하나의 어둠이

뛰쳐 나온다. 자신에게 몰려와 몸을 부비고 떠들어 대는 루테인들을 쓰다듬던 재연이 자리에서 일어난다.

팟.

그의 옆에 떠 있던 이기어검 중 하나가 사라져 우주 한복판에 생겨나고.

팟!

재연의 몸이 검과 위치를 바꾼다.

"외부 장갑이나 배리어 아예 무시하는데?"

"우주전에서 그 어떤 문명도 대항할 수 없겠군…… 심지어 도주조차 불가능해."

너무나 강력한 힘. 과거의 대우주라면 온 우주가 두려워하고 견제하기 위해 연합했을지도 모를 권능.

그러나 지금은 상황이 다르다. 대우주를 뒤흔들, 그래서 오히려 억압받았을 게 분명한 신기술 아이언 하트가 대전쟁 시기에 튀어나와 누구의 견제도 받지 않고 우주를 선도했듯.

우주가 멸망할 위기인 지금 그를 견제할 [연합] 따위는 탄생할 수 없다.

"폐하를 뵙습니다."

"폐하!"

열두 장의 날개를 가진 두 존재가 재연에게 날아든다. 그뿐이 아니다.

"오랜만에 뵙습니다."

과거와 똑같은 얼굴이지만 두 개의 기다란 뿔을 달고 있는 레드가 예를 표한다.

"열두 장의 날개…… 대천사!? 게다가 나머지 하나는…… 마왕급으로 보이는데."

"아니, 근데 좀 이상한데? 알려진 대천사나 마왕하고 외향이 전혀 다르잖아."

"다만 일반적인 초월자가 아닌 건 틀림없어 보여."

"말도 안 돼. 행성 하나에…… 황제 클래스가 넷 이상이라고?"

함대의 승무원들이 기겁하든 말든 재연은 신경 쓰지 않고 그들에게 다가갔다. 정말 오랜만에 보는 얼굴들이다. 그의 펫에 깃들거나 심인으로 활동할 때에야 현실과 아르데니아를 자유롭게 오갈 수 있지만 역마차를 나가 현실의 육체를 얻어 버리면 그러지 못하기 때문이다.

"그러게. 오랜만이네."

씩 웃으며 그들을 안아 주는 재연을 보며 루테인의 실질적인 지도자, 썬더는 생각했다.

'……황제.'

그와 함께라면.

생존할 수 있을 것이라고.

* * *

오랜만에 98지구에 돌아왔다.

98지구에는 축제가 열렸다.

"거 참 하지 말라니까."

이제는 인류제국 소속은 물론이고 98지구에 거주하는 모든 존재가 나를 황제라고 불렀다. 심지어 리전은 물론이고 그로테스크까지 그러고 있는 상황!

축제, 그러니까 [귀환절]을 기념해 한 마디 해 달라는 요청까지 있었는데 거부한 상태다.

휘오오오----

하늘 높이 뻗어 있는 세계수의 가지에 앉아 시끌벅적한 도시를 내려다본다. 두 명의 대천사와 마왕을 만드는 과정에 청소가 끝난 98지구에는 던전은 물론이고 몬스터 하나 보이지 않는다.

[돌아오는 데 참 오래 걸렸군.]

"스타팅을 지켜 줘서 고마워."

[……홍. 그냥 가만히 있었을 뿐이다.]

툴툴대는 세계수를 보며 생각한다.

'흠. 나머지 녀석들의 황제 클래스도 딱 이 정도만 말을 들어 줬으면 좋겠는데.'

리벤지의 펫들은 등급이 높아지면 높아질수록 자의식이 강해지며 황제급에 이르러서는 거의 통제가 불가능하다.

소환자에 대한 어느 정도 호의는 있지만 딱 그 정도로, 제대로 다루려면 펫을 압도할 힘과 실력이 있어야 한다.

'어려운 일이지. 나 말고 그게 가능한 녀석은…… 지금으로서는 남궁일검 정도네. 그마저도 다이아가 부족해서 못 소환하는 상황이지만.'

에드워드나 하모니. 그리고 레드의 경우에는 자의식을 지키기 위해 [계승]을 불완전하게 받았기에 아직 완벽한 황제 클래스라고 부르기 부족하다. 웬만한 황제 클래스보다 오히려 높은 스펙과 스킬, 클래스 특성 등으로 황제급 초반부의 능력을 낼 수 있을 뿐.

'하지만 기억 자체는 틀림없이 전승받았으니 시간만 있다면 충분히 도달할 수 있을 거야.'

에드워드의 재능은 진짜 중의 진짜다. 솔직히 재능만 치면 나보다도 높지 않을까 싶을 정도. 레드도 거기에는 못 미치지만 대단한 천재고.

'하모니는…… 솔직히 잘 이해가 안 되지.'

이상할 정도로 성장이 빠른 녀석이다. 천재적인 음악가인 건 인정하지만 리벤지의 원래 설정에서는 황제 클래스도 준비 안 되어 있던 녀석이 어떤 면에서는 에드워드보다 빠른 성장을 보이는 상태.

　뭐, 성장이 빨라서 나쁠 건 없을 것이다.

　-저기 재연아.

　느닷없는 목소리에 헛웃음을 흘린다.

　"어머니 몸 안 찾아요? 이제 돌아왔잖아요."

　-그, 글쎄. 돌아와도 잘 모르겠는데…….

　어색한 말투는 누가 봐도 거짓말이다.

　"아니, 그렇게 있으면 심심하지 않아요? 요새는 저랑 별 이야기도 안 하잖아요."

　-그, 괜찮단다. 나름 이야기 상대도 많고…… 책도 보고 있고.

　"……책을 봐요?"

　영문 모를 소리에 의문을 표할 때였다.

　퍼벙! 펑!

　저 아래에서 솟구친 폭죽이 터지며 밤하늘이 오색으로 아름답게 물든다. 나는 어머니를 타박하던 걸 멈추고 나뭇가지에 앉아 그 모습을 내려다보았다.

　"와하하!"

　"황제 만세!"

　"와! 고양이 진짜 귀여워! 네가 그 루테족, 아차차! 루테인이구나?"

　"마셔라, 마셔! 오늘은 술이 다 꽁짜야!!"

스타팅이 시끌벅적하다. 98지구에 흐르던 팽팽한 긴장감은 내가 돌아옴으로써 완전히 날아가 버렸다.

그만큼 내 힘에 대한 믿음은 어떤 면에서 그들에게 신앙이나 다름없다.

"……그래. 돌아왔네."

한참을 가만히 내려다본다. 아주 예전부터 그랬다. 아르데니아에서도 마찬가지여서, 길드타워 옥상에서 도시를 내려다보는 건 내 몇 안 되는 취미이자 힐링.

단지 높은 곳에서 낮은 곳을 내려다보기 때문은 아니다.

'34지구에서도 그런 건 얼마든지 가능했지.'

그래, 내가 아무것도 아닌 낙오자 시절에도 얼마든지 가능했다. 그냥 높은 고층 건물에 올라가 아래를 내려다보면 그만이기 때문이다.

그러나 그때 보이는 도시는 내게 아무런 의미가 없었다.

그것은 그저 배경.

후우우웅----!

퍼버벙!!

폭죽이 터진다. 거센 바람이 몰아친다. 나는 아무 말 없이 스타팅과 그 안에서 와자지껄 떠드는 사람들을 내려다보았다.

마음이 간질간질하다. 묘하게 벅차오른다.

이 모든 것이 내 것이다.

내가 지켜야 할 이들. 내가 키워 가야 할 이들. 나를 따르는 이들.

사람[人].

"……음?"

-왜 그러니?

"아뇨…… 흠. 뭔가."

의문을 표하는 어머니의 말에 눈을 가늘게 뜬다.

"뭔가……."

이 순간, 무언가 달라졌다.

"뭐지? 혹시 권능인가?"

순간 그런 기대를 가졌으나 새로운 권능이 획득되는 일은 없었다. 애초에 이미 여러 번 얻으면서 겪었던 그 감각을 헷갈릴 일도 없는 문제.

"그냥 기분인가…… 아니면 경지가 올라갈 징조?"

-무슨 문제라도 있니?

"아뇨, 뭔가 느낌이 달라서…… 그러고 보니 어머니 권능은 어때요? 아직도 가늠이 잘 안 돼요?"

-가늠이 잘 안 된다 하기에는 잘 써먹고 있지 않니? 나름대로 전투도 되고 아르데니아도 들어갈 수 있고. 내면세계도 잘 다니고…….

"아니, 몸이 날아갔잖아요. 사실상 죽은 거나 다름없는데."

여러모로 듣도 보도 못한 권능이다. 내 입장에서야 편하지만 뭐 이런 권능이 다 있단 말인가?

그러나 돌아보면 어머니처럼 자격 없는 존재가 황제 클래스의 강자도 얻기 힘든 권능을 가지게 된 것부터가 예외적인 일.

오히려 더 이상한 건 내 쪽이라 할 수 있다.

'업적도 없단 말이지.'

나는 다크스타를 죽였다. 이는 엄청난 시간 동안 반복한 노가다로 이루어진 결과라 할 수 있지만…… 그렇다 해도 틀림없는 위업(偉業)에 가까운 일.

하위의 존재가 신을 죽였으니 이 얼마나 놀라운 기적인가?

당연히 업적을 달성하고 절대 권능 하나쯤은 얻어 줘야 할 일인데 안타깝게도 소식이 없다.

퍼버벙!

흩어지던 폭죽들이 마력에 의해 다시 압축, 폭발해 거대한 사내의 모습을 만든다.

세 개의 이기어검을 두르고 거대한 검을 휘두르는 사내는 누가 봐도 나다.

"저런 거 그만 좀 하라니까……."

―그럼 막으면 되지 않니?

"뭐 그럴 것까지는 없죠. 숭배 받는 게 하루 이틀도 아니고."

적당히 대답하며 생각한다.

'그러고 보면 정상적인 신이 아니긴 했지.'

다크스타는 틀림없이 신적인 힘을 가지고 있었다. 전투력으로 치면 진짜 신 중에서도 녀석을 감당하지 못할 이들이 제법 있을 것이라 생각될 정도로 사기적인 능력과 권능을 가진 존재.

그러나 녀석을 제대로 된 신이라 볼 수 있냐면 그건 아니다. 녀석에게는 신으로서의 역사도, 역할도 신명도 없기 때문이다.

녀석은 그저 신적인 힘을 가진 괴물이었을 따름이다.

"결국 리젠되겠지…… 등급이 등급이니 오래 걸리는 모양이지만."

―또 둘이 싸우러 갈 생각은 아니지?

"더 이상 그럴 필요는 없겠죠. 얻을 것도 없고 고생일 뿐이고."

그래, 그럴 필요는 없다. 기대하던 바는 아니지만…… 내게 강력한 아군이 생겼다면 더더욱 그러하다.

퍼벙! 펑!

"와아아!!"

"황제폐하! 만세!"

뭔가 한 건지 아래에서 다시 들려오는 환호성에 생각을 멈추고 그 모든 광경을 가만히 내려다본다.

기분이 나쁘지 않았다.

* * *

혼란스럽던 대우주가 천천히 안정되어 간다. 미궁의 던전의 완전 클리어가 유지되자 현실을 어지럽히던 던전의 리젠이 멈췄고 리젠이 멈춘 던전은 미궁에서 직업과 특성을 얻은 탐험가들의 손에 의해 하나둘 제거되었다.

물론 모든 던전이 제거되는 것은 아니다.

극단적으로 황제 클래스의 던전 같은 경우가 있고 초월급 던전을 클리어 할 역량이 없는 세력도 수두룩 **빽빽**.

그러나 이 또한 방법이 있다.

바로 도망가는 것이다.

'루테인들을 포함한 피난민들도 이런 경우였지.'

아무리 강하고 많은 몬스터 군단이라 해도 대우주에서의 이동에는 한계가 있다. 행성을 벗어날 수 있는, 그러니까 우주 전함을 뽑아내는 RTS 소속 던전이 포함되지 않은 몬스터들의 경우는 한 행성의 모든 지성체를 몰살시킨 후 어딜 가지도 못하고 그 행성에서 떠돌게 되는 것!

아무리 수가 많고 무한히 리젠될 수 있어 봤자 대기권을 벗어날 수 없으면 말짱 꽝.

우주 전함을 뽑아낼 수 있는, 혹은 우주를 유영하는 종류의 몬스터가 있어도 상황은 마찬가지다.

'다행히 우주 전함들의 속도가 그렇게 빠르진 않아. 워프 기능이 있는 것 같긴 한데…… 생존자들이 미치지 않고서야 워프스테이션을 열어 줄 리 없지.'

아스트랄 드라이브가 없는 그들이 낼 수 있는 속도는 기껏해야 광속이 최대. 그러나 멸망한 세력의 반경 10만 광년 안쪽에 다른 문명이 없다면?

농담이 아니라 지성체를 죽이기 위해 10만 년간 이동해야 한다.

모르긴 몰라도 이런 식으로 [묶인] 몬스터의 수도 상당할 것이다.

[리전과 그로테스크가 자신들의 거점을 복구 완료했습니다. 피난민들도 각자 괜찮은 터를 잡고 도시를 건설 중이고요. 식량이 좀 부족하다기에 지원했습니다.]

새하얀 호랑이가 내 옆으로 와 보고한다. 당연히 에드워드다.

[아, 그리고 안드로이드들의 일 처리가 상당히 훌륭합니다. 실수도 거의 없는 데다 헌신적이어서 관공서에서도 병원에서도 호평인…….]

"아니, 잠깐."

나는 어이가 없어 에드워드를 바라보았다.

"네 몸은 어쩌고 여기서 이러고 있냐?"

에드워드가 내 스마트 펫에 빙의할 수 있던 것은 그의 영혼이 내 내면세계에 있었기 때문으로 현실로 나와 육신을 얻은 후엔 스마트 펫에 깃들기는커녕 아르데니아에 들어가는 데에도 제한이 상당했다. 역마차를 통하지 않으면 방법이 없기 때문.

그러나 에드워드가 그 큰 입을 씩 하고 벌리며 웃었다. 레어메탈로 만들어진 이빨이 번뜩인다.

[후후. 이제야 물어보시는군요. 이게 바로 권능. '대행자'입니다! 거리나 상황에 상관없이 분신을 조종할 수 있죠.]

"분신 치고 네 영력이 너무 강한데?"

[물론 이게 본체죠! 대천사는 원격으로 조종하고 있습니다!]

"……?"

[명색에 권능이라고 던전에 들어가도 조종이 됩니다! 대우주가 평화스러워졌으니 저도 제 역할을 되찾아야지요!]

내가 어이없어 바라보거나 말거나 만족스럽게 웃는 에드워드의 말대로 대우주는 제법 평화스러워졌다.

물론 멸망한 문명이 수두룩하고 수많은 세력이 몬스터들과 문명의 생존을 건 도주극을 펼치고 있지만…… 34지구나 98지구처럼 충분한 전력을 가진 세력들은 몬스터를 박멸하고 평화를 되찾았다.

물론 신급 던전이 재등장하면 모든 게 흐트러질 수 있지만, 사실 이제는 그것도 어느 정도 해결된 상황이다.

팟!

미궁으로 넘어간다. 언제나 혼란스럽던 20층은 이제 완전히 잔잔한 분위기.

"위력이 제법이지요? 요번에 직업 스킬과 특성으로 강기를 응축해 보았습니다."

"황제 클래스들이나 한다는 그거 아니오?"

"거기에는 미치지 못하지 않겠지만…… 그래도 위력이 상당히 증가하더군."

20층 한 편에서 몇 초월자들이 대련을 나누고 있다.

"세상에. 초월급 망자 열? 이게 말이 됩니까?"

"후후. 긴 시간 모은 토큰을 모조리 쏟아부었다네! 다만 이런 게 가능하려면 그들에게 자유를 줘야 하지. 마음대로 다루려면 토큰 사용량이 감당이 안 되거든."

"아하. 그래서 모든 망자가 오크였던거군."

"시스탄 문명을 지키기 위해 지옥에서 돌아온 형제들이지!!"

"자, 그럼…… 아! 던전이 나왔네."

"그럼 갔다 오지!"

 서로 담소를 나누며 정보를 교환하거나 던전에 입장하는 탐험가들도 보인다.

 나는 헛웃음을 지었다.

"정말 많이 달라졌군."

 미궁의 분위기가 과거와 비교할 수조차 없이 평화롭다. 심지어 20층에서 수련을 하거나 잠을 자고 있는 탐험가들마저 있을 정도니 더 말해 무엇 하겠는가?

 거리의 문제로 현실에 [뮤인] 몬스터로 인해 던전의 숫자에 제한이 걸리고 탐험가들의 수준은 꾸준히 올랐기에 가능한 상황.

 내가 없을 때에야 리젠 속도를 따라잡지 못해 세상에 망조가 드는 분위기였지만…… 미궁이 정상화되고 리젠을 끊어 내자 상황이 어느 정도 진정되었다.

"그래서 온 우주가 폐하를 칭송하고 있지요."

"오버야. 사실 나만의 문제가 아닌데 말이지."

 그 말대로다.

"아, 재연 씨 오셨군요."

"오랜만입니다. 랜슬롯. 크루제도 오랜만이군요."

"……와, 미친. 전투력 표시가 안 뜨네. 강해졌다는 소문은 들었지만 미친 거 아닌가?"

새로운 황제 클래스, 창황 랜스롯이 그의 동생 크루제와 함께 던전에서 나와 인사한다.

'창황이라니 기묘하네. 물론 비범한 존재지만 창술로는 완벽한 찌르기 하나 말고는 볼 게 없는 느낌인데.'

차라리 불사황제 같은 호칭이 붙을 줄 알았는데 예상 밖의 일.

"아! 재연이!"

그때 다른 던전을 클리어하며 전신에 황금빛 갑주를 걸친 장신의 미녀가 모습을 드러낸다.

영원의 마법소녀. 아니, 이젠 마법소녀라고 부를 수 없는 황금용제(黃金龍帝), 강보람이다.

"아. 우연이네."

"우연이네. 하고 끝이야! 이 자식 볼 장 다 봤으니 연락도 안 한다 이거지?"

딱히 우리가 연락씩이나 할 사이던가?라는 생각이 들었지만 적당히 대답한다.

"너도 요새 바빠 보여 그렇지."

"하! 너…… 앗. 벌써 시간이네. 하여튼 연락 좀 해! 그리고 미안하면 언제 내 방송 좀 나와라! 알았지?"

"아니, 너 이제 황제 클래스인데 아직도 방송."

팟!

뭐라고 더 묻기도 전에 사라진다. 현실로 나가 버린 것이다.

"정신없네."

"황금용신과의 계약으로 황제 클래스에 올랐으니 업을 위해서든 인과율을 위해서든 많은 일을 해야 할 거야. 거의 노예지, 노예."

랜슬롯의 뒤에 숨어 있던 크루제의 말에 그녀를 돌아본다.

"업에 대해 아십니까?"

"요새 관련된 연구를 하고 있거든."

"……."

그러고 보니 저 녀석은 창조신에게도 피해를 주는 금단병기, [설정 파괴탄]을 만든 전적이 있다.

'녀석이 붙인 이름은 존재불확실(存在不確實)이었던가.'

그때 그녀의 공격에 당한 [그녀]는 그만 이성을 잃고 대우주 안으로 [손가락]을 밀어 넣는 폭거를 저질렀다. 이는 너무나 큰 일이서 [그]조차도 가만히 지켜보지 않고 그녀의 손가락을 잘라 버렸었다.

돌아보면, [그녀]에게 가장 큰 피해를 준 존재는 나나 금낭이 아니라…… 바로 그녀일지도 모른다.

'물론 뒤처리가 문제였지.'

나는 정지된 시간 속에서 봤던 광경을 떠올렸다.

―안녕하세요. GM 대마법사입니다.
―잠시 시스템 조율이 있겠습니다. 많은 분들의 양해 바랍니다.
―다소의 시간선 변경과 이벤트 어레인지가 있을 수 있습니다.

[그녀]의 직접 등장은 너무나 큰 문제여서 우주적인 롤백이 있었다. 온 우주의 시간과 기억이 조작당했으니, 존재불확실이라는 병기가 있었다는 사실을 아는 건 나와 창조신의 직원 같은 개념으로 일하고 있던 멀린뿐이리라.

"흠. 혹시 연구를 좀 견학해도 됩니까?"

"싫어! 본다고 뭐 알아?"

"연구비 지원해 드릴게요."

"오…… 얼마?"

"혹시 마나 코인 받으십니까? 완전 트랜디한 코인입니다."

"뭐야, 너 코인쟁이야?"

그녀와 잠깐의 실랑이를 하는 중 또 새로운 등장인물이 등장한다.

"형님!!"

금낭이 던전에서 수십 명의 인원을 데리고 나타난다.

아무래도 다른 초월자들을 데리고 다니며 조언과 수련을 시키는 모양이다.

'그야말로 누구든 평등하게 가르쳐 주네.'

내 명성이 온 우주를 떨치고 있지만 녀석의 명성도 만만치 않다.

챔피언 엠퍼러(Champion Emperor).

능력의 특성상 온갖 능력에 대해 높은 이해를 가지고 있는 금낭은 미궁에서 만나는 모든 이들에게 가르침을 아끼지 않아 [대스승]이라고도 불리며 존경받고 있다.

돈을 밝히는 내가 금황(金皇)이라는 멸칭 아닌 멸칭을 가지고 있다는 걸 생각해 보면 대외적 이미지는 비교조차 할 수 없는 수준.

그의 가르침을 받아 [벽]을 넘거나 경지를 안정시킨 탐험가가 수천 명이 넘는 상황이니 어쩌면 당연한 일이다.

"평화롭네."

"사실 지금도 혼란기지만…… 상대적으로 그렇죠."

그의 말대로 평화로운 시기다. 미궁 공략도 안정화되고 살인적이었던 [할당량]도 줄어든 상황. 미궁에 익숙해진 탐험가들은 일상처럼 미궁에 들어와 던전을 돌았고 황제 클래스의 강자가 늘어나니 금낭의 부담도 줄어들었다.

그야말로 대우주의 무력 자체가 높아진 상황.

그러나 그 정점을 논하자면 누구나 한 존재를 손꼽을

것이다.

"재연."

"⋯⋯드디어 왔구나."

"미안. 너무 바빠서. 그래도 이제 좀 정리가 되었지."

고개를 돌린다. 그곳에 그녀가 있다.

2.5미터의 거대한 신장. 그 큰 신장이 전혀 어색해 보이지 않는 완벽한 비율. 오색이 아름답게 어우러져 있는 기다란 장발. 마치 왕관처럼 머리 위에 나 있는 다수의 뿔.

그녀야말로 모든 색채룡의 시조. 수십만 년 동안 용종을 이끌어온 용의 황제(龍皇).

그러나 지금의 그녀는 그조차도 초월한 존재다.

용신(龍神).

하나의 객체로 태어나, 온 우주에 영향을 떨치게 된 종족신이 그곳에 있었다.

"보고 싶었어."

"⋯⋯나도."

나도 모르게 미소 지으며 칸과 마주선다. 어째서인지 주변 전체가 조용해진 상황.

그러나 그 침묵은 오래가지 않았다.

"아빠!!"

회색 머리칼의 스텔라가 도도도 달려와 안긴다. 나는

깜짝 놀랐다.

'……뭐지?'

부쩍 자라 버린 그녀의 모습을 보고 놀란 게 아니다. 시간이 많이 지났으니 그럴 수도 있겠지.

내가 놀란 것은, 바뀌어 버린 그녀의 기질 때문이었다.

'어째서…… 칸이 아니라 스텔라가?'

칸은 틀림없이 강해졌다. 그저 마주하고 있는 것만으로도 저릿저릿할 정도의 압도적인 힘은 일반적인 존재는 상상할 수조차 없는 마력.

그러나…… 그렇다고 해서 그녀가 '신'으로 느껴지는가?

아니다.

다크스타와 질릴 정도로 싸운 나였기에 더더욱 확실히 알 수 있다. 이건 마력에 특화된 마력 관련 절대 권능을 가진 황제…… 그래. 굳이 예를 들자면 대천사나 마왕에 불과한 수준이었다.

예전의 나는 느끼지 못했지만, 아마 마력에 한해서는 신의 경지에 이르렀던 멀린의 마력이 이 정도. 그러나 스텔라는 다르다.

'신…… 격? 아니다. 신위. 하지만 왜? 어째서 녀석이…….'

"후아…… 아빠 가슴 단단해……."

내 품에 안겨 얼굴을 부비는 스텔라를 꼬옥 안아 주며 그녀를 살핀다. 스텔라를 살펴보는 내 표정을 본 칸이 작은 목소리로 말한다.

"느꼈구나?"

칸의 말에 스텔라가 고개를 들어 그 동그란 눈으로 나를 올려다본다.

"아빠, 느껴?"

"……그런 나쁜 말 하는 거 아냐."

이미 수백 살이 넘는데도 어리기만 한 느낌의 스텔라를 슥슥 쓰다듬으며 칸에게 말했다.

"새로운 용신이 합체를 한다는 소문이 그럼?"

"신성을 완성하며 난 스텔라와 연결되었어. 녀석이야말로…… 나를 용신으로 만들 마지막 조각이지."

즉 새로운 용신은 칸 혼자가 아니라 칸과 스탈라의 합일체라는 뜻.

칸이 쓰게 웃는다.

"사실 이것도 전대 용신이 양보해 줘서 가능한 일이었지."

"하긴. 정상적인 방법으로 용신의 좌를 찬탈(簒奪)하는 건 불가능에 가까운 일이니까."

십이지신(十二支神) 염룡(炎龍).

일종의 종족신이었던 한계를 벗어나 마법의 신 자리를 찬탈한 입지전적인 존재.

힘으로 그의 신위를 빼앗은 건 그야말로 말이 안 되는

이야기이다.

그나마 가능성이 있는 건 용으로서 쌓은 업을 겨루거나 용족 본연의 힘 등을 겨루는 것인데…….

'그것도 불가능에 가깝지.'

염룡은 온 우주의 용들에게 마법을 전파한 존재. 그 어마어마한 위업으로 용신을 넘어 마법의 신이 되기까지 했으니 용족이 마법의 종주(宗主)로서 우주에 위명(偉名)을 떨치고 있는 이상 도전은 불가능에 가깝다.

물론 그게 칸이 이뤄 낸 위업이 별 게 아니라는 뜻은 아니다.

'신위라는 건 그저 양보하고 싶어도 양보할 수 있는 종류의 자리가 아니니까.'

선천신(先天神)인 황금용신이나 선천신은 아니어도 신혈을 타고난 암흑용신이면 몰라도 어디까지나 물질계의 존재였던 칸이 용신이 되려면 어마어마한 업과 신성, 그리고 역사가 필요한데.

'하지만 그게…… 스텔라와 칸이 연결되는 방식으로 이루어졌단 말이지.'

파직! 화르륵! 쩌적!

내가 많이 반가운지 극도의 흥분 상태인 스텔라의 속성이 시시각각 변한다. 보통 사람이라면 그 여파만으로도 죽겠지만 당연히 내게는 별 타격이 없다.

"어떻게 된 거야?"

"용신의 말에 따르면 스텔라가 지닌 운명이 내 마지막 조각을 채워 준다고 하더라고. 그래서인지 녀석과 합체하면 구두룡이 되기도 하고."

"놀라운 일이네."

그야말로 기적적인 또 신화적인 일이었지만 어차피 우리에게 기적과 신화는 일상.

"고생했어."

칸의 어깨를 끌어당겨 안자, 뜻밖에도 그녀가 순순히 내 어깨에 기댄다. 굳이 더 말하지는 않았지만…… 내가 신급 던전에 들어가 있는 동안 칸 역시 힘든 시간을 보낸 모양이다.

잠시 그렇게 시간을 보내고 있을 때였다.

"와. 온 우주가 주목하는 용신을…… 역시 형님이시네요."

감탄하는 금낭에게 상황을 지켜보던 크루제가 묻는다.

"쟤네 뭐야. 부부야?"

"뭐, 비슷한 관계 정도는 되겠죠. 형님쯤 되면 그리 얽매일 문제는 아니지만…… 아무래도 상대가 신이면 이야기가 다를 수도 있고."

"챔피언 엠퍼러."

내 어깨에 머리를 기대고 있던 칸이 금낭을 본다.

"더 강해졌군."

"용신님에 비하면 아무것도 아니죠."

"그런가…… 재연과 긴 시간 함께 싸워 줬다던데. 고맙군."

"하하. 별말씀을 저도 살자고 한 거죠."

차분히 대화를 나누는 둘의 모습을 보며 눈을 가늘게 뜬다.

'뭐지. 칸의 태도가……?'

금낭을 대하는 칸의 태도가 묘하게 정중하다. 물론 황제 클래스의 강자이자 수많은 초월자에게 대스승이라 불리는 금낭은 대우주 누구라도 함부로 할 수 없는 존재지만 칸은 황제 클래스일 때에도 금낭을 크게 신경 쓰지 않았었는데 용신의 좌에 오른 지금 오히려 조심하는 느낌이라니?

'내 목숨을 구해 줬다고 생각하는 건가. 틀린 말은 아니라고 해도, 묘한데?'

신급 던전에 금낭과 함께 들어갔으니 승산이 있었지 나 혼자 들어갔다면 아무리 나라도 살아남지 못했을 것이다. 칸은 신통(神通)을 가진 존재니 오히려 나보다 더욱 체감했을 수도 있다.

"늦었군."

쿵!

2미터가 넘는 신장을 가진 사내가 우리 앞에 내려선다.

나는 그저 이 자리에 참여한 것만으로 은은히 퍼져 나가는 검계(劍界)를 느끼며 그를 반겼다.

"오랜만입니다, 크로노스."

"하하하. 정말 믿기지 않는군. 본 지 그래 오래 된 것 같지도 않은데."

호탕하게 웃는 그의 모습은 영락없는 인간 중년.

2미터가 훌쩍 넘는 키나 통나무보다 두꺼운 옆통을 가진 천하장사 체형이 인상적이긴 하지만 그저 그뿐으로 마왕이라고 하면 으레 떠올리는 거대한 뿔이나 줄기줄기 뿜어져 나오는 마력 따위는 찾아볼 수 없는 존재.

검마왕(劍魔王), 크로노스(Cronus).

모든 걸 잃고 마계로 떨어져 칼 한 자루로 마계 최강의 검수가 된 존재다.

"크로노스 님 입장에서야 그리 길지 않은 시간이었을지 모르지만 제게는 엄청난 시간이었으니까요."

"인간이라는 존재가 의외성이 있긴 해도 이건 정도가 넘는데? 너 혹시 지저스 슈퍼스타냐?"

꽤 오랜만에 봄에도 넉살 좋게 다가오는 크로노스를 보며 고개를 젓는다.

"크로노스 님도 그 소리십니까?"

"말이 안 되니까 그러지. 대우주의 주인공이 아니고서야 이게 말이 되나?"

그가 기막혀 하고 있을 때였다.

[다 모여 있었군요.]

펄럭.

거대한 날개를 펼친 여인이 날아온다. 크로노스가 마족 느낌이 거의 없는 마족이라면 그녀는 누가 봐도 헷갈릴 리 없는 천사 중의 천사.

대천사, 가브리엘(Gabriel).

12장의 날개와 머리 위에 떠 있는 엔젤링. 새하얀 피부와 풍만한 몸매의 여인은 교회 속 벽화가 아니라 애니메이션이나 일러스트에서 튀어나온 듯 아름다운 존재다.

"오랜만이군. 요새 바빠 보이던데 어떻게 왔군."

[그럴 만한 기회니까요. 그나저나 역시 당신인가요…… 하긴 마왕 놈들 중에서 그나마 제정신일 테니.]

아무래도 크로노스와 가브리엘은 구면인 듯하다. 하긴 둘 다 긴 세월을 살아온 존재니 당연한 일이다.

아마 서로 목숨을 걸고 싸운 경험도 많을 것이다.

"다 모였군요. 마음 같아서는 선계의 힘도 빌리고 싶었습니다만."

그러나 선계의 선인들은 온갖 사명으로 인해 미궁에서의 활약이 어려운 존재들. 그나마 검선이 거기에서 예외적인 존재였는데 거듭된 연전으로 무리하다 큰 부상을 입었다고 한다.

"합을 좀 맞춰 볼까요?"

내 말에 자리에 있던 모든 이들의 시선이 모인다. 크로노스가 웃는다.

"굳이 그럴 필요까지. 싸우며 맞춰 보면 될 일이지."

그렇게 말하며 슬쩍 시선을 옮긴다.

거기에는 그것이 있다.

[??]
등급 : ??(42레벨)
참여 인원 : ??
출신 : ??
비축 에너지 : ??

그것의 등장은 전혀 놀랄 일이 아니다. 이미 모든 던전이 공통적으로 보이던 현상이었기 때문이다.

'보상이 아깝기는 하지만.'

슬쩍 인벤토리를 들여다본다.

[별의 조각 15/100](등급 외. 거래 불가)
절대적인 권능이 담긴 조각. 다 모으면 신적인 힘을 얻을 수 있을 것 같다.

아마 더 많은 인원을 데리고 들어가면 더 적은 조각을 주겠지만…… 아무리 그래도 또 둘이서 들어갈 생각은 없다.

한 번 이긴 상대니 또 싸워도 이길 테지만, 다크스타를 이긴 과정에서 나나 금낭이 한 성장은 고만고만한 수준에 불과하기 때문이다.

녀석을 상대하려면, 전과 마찬가지로 어마어마한 고통과 위험, 그리고 시간을 소모해야 할 것이다.

[그럼 가죠.]

촤르륵!

가브리엘이 날개를 휘젓자 아무것도 없는 허공에서 물로 된 사슬이 떠올라 우리 모두를 엮는다.

느껴지는 힘으로 짐작건대 일종의 결속 주문인 것 같다. 우리 파티가 흩어지는 걸 방지하는 것.

"……다녀와."

잇따른 거물들의 등장에 가만히 상황을 지켜보던 크루제의 말에 랜슬롯이 고개를 끄덕인다.

"무리하지 말고 있어. 누가 부른다고 따라가지 말고 또 뭔가 거래한다고 하면 나랑 상의한다고 하고 또……."

차분히 말을 늘어놓는 랜슬롯의 말에 크루제의 얼굴이 일그러진다.

"아니 지금 뭔 소리 하고 있는 거야!? 내가 애야? 헛소리 말고 다녀오기나 해!!"

"그리고 나 없다고 울지 말고."

"사람들 앞에서 개소리하지 말라고! 그렇게 진지한 얼굴로 말하면 진짠 줄 알잖아!"

크루제와 랜슬롯이 투닥이는 동안 금낭에게도 초월자들이 모여든다.

"다녀오십시오. 스승님!"

"이번엔 너무 오래 있지 말아요! 저 마법 알려 주셔야죠!"

"제 무공도 봐주셔야 하고……."

"저, 제 차크라 수련도!"

"아니 이 계집년들이 어딜 몸을 들이대! 스승님은 우리부터 봐주실 거야!"

"하하하! 잘 다녀오십시오. 스승님!"

분위기는 화기애애하다. 신적인 존재와 싸우러 가는 길이지만 긴장감은 크게 없는 상황.

'당연한 일이지.'

언터쳐블급. 그러니까 신적인 존재는 그야말로 무시무시한 적이지만…….

이러니저러니 해도 나와 금낭에게 살해당한 존재에 불과하다.

마왕과 대천사. 두 명의 황제 클래스에 더해 용신까지 가세한 지금 공략이 어려울 리 없다.

chapter2. 황제의 귀환 〈153〉

[그럼 들어갑니다.]

그래. 분명 그래야 했다.

번쩍!

[광기의 심연.]
[영원한 고통.]
[불가지론(不可知論).]
[영겁 저주. 이빨 성자.]
[불멸의 죄인!]

진입과 동시에 폭포수처럼 쏟아진 저주가 아니었다면.

[꺄악--!?]

거대한 신성력을 전신에 휘감고 있던 가브리엘의 몸이 휘청거린다. 순백으로 빛나던 그녀의 날개 중 2개가 단숨에 어둠에 물든다.

"크악! 시작부터 지랄이군……!!"

크로노스의 몸 주위로 검계(劍界)가 전개되며 저주를 막아 냈지만 응축되고 응축된 저주는 검계를 파고들어 기어코 크로노스의 몸을 침범한다.

기긱! 기게게객!!

크로노스의 몸 여기저기에서 이빨이 자라나 살점을 물어뜯기 시작한다.

무력하게 당한 모습이지만 뜬금없이 쏟아진 폭포수 같은 저주의 수준을 생각하면 놀라운 대응.

 번쩍!

 그러나 아무리 그래도.

 이것만 수십, 수백 년 막아 낸 숙련자들에 비할 바는 아니다.

 "아, 이것만 아니길 바랐는데."

 "그러게요."

 명색에 언터쳐블 클래스니 지금까지의 몬스터들과 뭔가 다를 게 있을 거라고 예상했지만…… 아무래도 우리가 예상하던 최악의 사태가 벌어진 모양이다.

 "이 자식. 죽어도 기억이 유지된다!"

 "아이고……."

 광태극으로 저주를 흩어 낸 나와 수백 년의 경험으로 그림자 그 이상으로 내 뒤로 숨은 금낭에게는 저주가 침범하지 못 한다.

 아무리 이렇게 피해도 우리 둘이 들어왔으면 큰 낭패를 보았겠지만, 우리 중에는 다크스타와 동격의 존재가 있었기 때문이다.

 -크아아아앙---!!

어느새 모습을 드러낸 구두룡의 강대한 포효에 그녀를 침범하려던 저주 전부가 터져 나간다.

'역시 용신! 무지막지하군……!'

그리고 마지막으로 남은 랜슬롯은.

푸확!

"윽."

그대로 저주에 당해 죽었다.

"……?"

그리고 살아난다.

"……뭐예요? 저게?"

내 뒤에 붙어 있던 금낭이 황당해한다. 하긴 이미 알고 있던 나도 황당한데 처음 보는 금낭은 얼마나 황당하겠는가?

"부활 같은 거지."

"아니, 형님. 저게 어떻게 부활이에요. 부활보단 리젠 아니에요?"

확실히 살아났다라고 표현했지만 랜슬롯의 부활은 일반적인 부활과 다르다.

그의 시체는 이미 충격파에 멀리 날아간 뒤에, 그 자리에 새로운 랜슬롯이 다시 나타난 난 것.

심지어 죽어 날아가던 시체는 잠시간의 시간이 흐른 후 소리 없이 사라져 버렸다.

"확실히 그렇게 보이긴 하네. 사실 나도 잘 몰라."

랜슬롯에 대한 정보는 대우주에도 거의 없다.

그 역시 특성을 찍기 위해 던전을 무수히 돌았겠지만…… 능력의 특성상 대부분의 던전을 솔플로 해결했을 테고, 사실 그게 아니더라도 그의 부활은 일반적인 영능학으로는 해석 자체가 불가능한 힘이다.

그가 고작 초월자에 불과할 때 공격과 절멸에 특화된 우주천마가 녀석의 부활을 막기 위해서 별의별 짓을 다 했음에도 끝끝내 죽이지 못한 게 바로 그 증거이다.

'무슨 절대 권능 같은 거 같긴 한데 솔직히 모르겠단 말이지. [그녀]의 사도도 아닌데.'

물론 무력하게 죽고 살아나기만 반복할 뿐이라면 그게 무슨 소용이냐고 반문할 수도 있겠지만.

그는 무력하게 죽지도 않았다.

쩍.

다크스타의 어깨 견갑에 마치 점이 찍히듯 균열이 생긴다.

구슬 같은 머리통에 달린 다크스타의 입술이 뒤틀린다.

"또 심검인가…… 지긋지긋한 무인 놈들!"

"정확히 말하면 심창인데."

파라라락!

다크스타가 랜슬롯의 항의를 무시한 채 수십 장의 카드를 띄운다. 또다시 주문을 쏟아 내기 위함이지만 우리 쪽도 가만있지 않는다.

 푸확!

 칸의 입에서 세 줄기의 숨결이 뿜어져 나왔다. 그것은 각기 빛[光], 벼락[雷], 불[火]의 속성력을 담았지만, 속성력이 극도로 응축되니 최종적으로 그 모두가 빛줄기로 보였다.

 '어쩌면 과학적으로는 저 세 줄기 모두 비슷한 개념일 수도 있겠군.'

 그러나 영능학적으로는 전혀 다르다.

 촤륵. 촤륵. 촤륵.

 다크스타가 미친 듯 카드를 드로우하자 자동으로 덱에서 카드가 솟구쳐 올라 그의 뒤에 세팅된다.

 '절대 권능, 창세의 주시자.'

 [창세의 주시자.]

 등급 : 언터쳐블.

 상시 함정 카드 10장을 세트하고 덱에서 카드 5장을 뽑을 때마다 자동으로 소유한 함정 카드를 발견하여 세트한다.

녀석의 능력의 근원이 카드 게임이라는 걸 생각하면 그야말로 어이가 터지는 능력이다. 아무 사전 작업 없이 그냥 카드를 뽑기만 하면 트랩 카드의 코스트에 상관없이 알아서 세팅되는 특성.

과연 그렇게 세팅된 함정 카드 중 하나가 뽑아지는 숨결에 반응한다.

고오오오---!

황제급 함정 카드, [세상의 저편]이 발동. 날아드는 빛줄기를 집어 삼켜 세상의 바깥으로 던져 버리려 든다.

떨어지는 운석같이 거대한 질량도, 심검같이 기묘한 공격도 세상에서 제외시켜 버리는 힘!

그러나 용의 숨결도 평범한 공격은 아니다.

콰릉!

천둥소리와 함께 빛줄기 하나가 직각도 아니고 360도로 방향을 꺾어 공허의 문을 탈출한다.

번쩍!

빛줄기 하나는 그대로 터져 사방으로 빛을 흩뿌리고.

화륵!

공허의 문에 끌려 들어간 빛줄기는 공허의 문은 물론이고 카드에까지 불을 붙인다.

"이게 무슨……!"

신의 영역에 들어선 용의 숨결.

그것은 일반적인 속성력의 경지를 넘어섰으며…… 그 자체로 신과도 같은 권능과 방향성을 가지고 있어 사기적인 카드의 효과라 해도 그냥 넘길 수는 없다.

쩌엉!

벼락과 빛줄기가 다크스타의 몸을 후려치고 빛줄기가 그의 몸을 꿰뚫는다. 그의 몸에 붙은 불은 영원히 꺼지지 않을 듯 이글거리는 상황!

그러나 다크스타도 쉽게 당하지 않는다.

"로그인!"

팟!

한순간 엉망으로 변했던 다크스타의 몸이 정상으로 돌아온다.

"……뭐!?"

[저게 무슨……?]

모두가 기겁하는 순간 랜슬롯이 돌진한다.

"어딜!"

자신의 세계에서 충분히 쉬고 카드도 충당해 왔을 것으로 짐작되는 다크스타가 드로우 한 카드를 오픈. 돌진하던 랜슬롯에게 빛의 고리를 걸었다.

황제급 봉인 카드, [빛의 대결계].

'역시 대책을 생각했군.'

랜슬롯의 부활 능력은 어이가 없는 사기지만 공략 포인

트가 없는 것은 아니다.

'안 죽이면 된다.'

랜슬롯이 스스로의 방어력을 극단적으로 낮추고 오직 공세에 집중해 어려운 일이지만…… 그를 죽이지 않고 봉인할 수 있다면 저 말도 안 되는 부활 능력도 허무하게 봉인되고 만다.

안 죽었는데 부활할 수는 없는 일 아니겠는가?

푸확!

그러나 그 순간 랜슬롯의 심창이 스스로의 몸을 터트리고.

"……뭐?"

빛의 대결계 밖에서 새로운 랜슬롯이 등장한다.

'자연경에 도달하니 약점이 사라져 버렸군.'

심검 사용자는 공격에 극단적으로 치우쳐 [만수무강 하지 못하는 황제.]로 알려져 있다.

절대 자연사(自然死)하지 못하는 존재!

그러나 랜슬롯 같이 '죽지 않는' 존재가 자연경의 경지에 오르니…… 문자 그대로 신조차 무시할 수 없는 무시무시한 존재가 되고 만 것이다.

"아니, 이게 무슨……!"

다크스타가 기막혀하는 동안에도 전투는 계속된다.

[천신의 은혜여……!]

대천사 가브리엘의 몸에서 신성한 빛이 뿜어져 사방을 뒤덮는다. 그녀의 힘은 적을 공격하는 대신 우리에게 쏟아진 저주를 해제하고 날아드는 저주를 막아 낸다.

"이것 참."

그리고 그 틈에 크로노스가 돌진한다. 그가 자신의 몸에서 튀어나오고 있는 이빨들을 손으로 뜯어내며 이를 갈았다.

"꽤 악독하게 통각을 강화했군! 마계에서 고문 당할 때보다 아프다니!"

쩍!

어느새 꺼내든 크로노스의 검이 자신을 향해 쏟아지던 주문을 그대로 베어 낸다.

"네놈……!"

"카드 장난질은 방구석에서나 해라!"

쩌엉--!

대우주 올스타즈와 다크스타가 충돌한다.

이 모든 과정이 찰나간에 벌어졌다. 이곳에 있는 모두가 우주적인 존재인 데다 과거 다크스타를 상대했던 나나 금낭처럼 싸움을 질질 끌 생각이 없었기에 전투는 급박하게 전개된다.

가장 전면에 나서 싸우는 존재는 당연히 다크스타와 마찬가지로 언터쳐블의 영역에 올라선 칸. 한 번의 숨결에 대여섯 개의 권능 주문을 쏟아 내고 아홉 개의 머리로 강대한 숨결을 뿜어냈다.

'하지만 그렇다곤 해도…… 역시 부족하네. 일레븐 클래스에 들어선 것도 아니니 기본적인 역량이 올라간 것도 아니고.'

칸은 이제 막 언터쳐블 클래스의 영역에 들어선 상태인 데다 사실 정상적인 신이라고 말할 수도 없다. 스스로 온전한 존재가 아니라 자신의 혈육인 스텔라와 합일해야만 그 영역에 들어설 수 있기 때문이다.

심지어, 그녀가 합일할 수 있는 시간은 길어야 수 시간에 불과하다고 한다.

"이, 멍청한 뱀 대가리 년이……!!"

다크스타가 준비해 놓은 카드를 뒤집어 주문을 마구 쏟아 내자 전면에서 녀석을 상대하던 칸이 단숨에 밀린다.

이제 막 신성을 깨우쳤으니 이렇게 전장에 나와서 싸우기보다는 수많은 용족의 숭배를 받으며 긴 시간 스스로의 업과 격을 가다듬어야 했으니 어쩌면 당연한 일.

심지어 다크스타는 잠깐의 전투로 칸의 약점을 확인했다.

"이쪽이 약하군……!"

다크스타의 공격이 단숨에 보호 주문이 박살 내고 산맥과도 같이 거대한 칸의 몸에 저주의 불길을 쏟아 낸다.

―꺄악!

단숨에 비명이 터져 나온다.

'스텔라.'

구두룡의 머리 중 다섯 개는 여전히 칸의 것이지만 새롭게 추가된 네 개의 머리는 그렇지 않다.

그것들은 움직임도 어색하고 전투 중에도 유기적인 연계를 보이지도 못한다. 그저 그 거대한 머리를 치켜들고 권능이 깃든 숨결을 내뱉고 있을 따름이니, 아마 이 새로운 용신 혼자서 이 던전에 들어왔다면 다크스타에게 치명상을 입힌 후 하루 만에 죽고 말았을 것이다.

그러나 지금.

용신은 혼자가 아니다.

"너무 한눈을 파는군. 하긴 덩치가 저렇게 큰 게 앞에 있으니 우리는 보이지도 않겠지만."

검술로 마왕위에 오른 검마왕은 내가 도달한 지점과 완전히 다른 갈래의 정점에 도달해 있다.

쩍!

그의 검이 휘둘러지자 그의 몸을 중심으로 한 검의 영역이 폭발하듯 확장된다.

그 검의 영역 안에서, 크로노스를 적대하는 모든 것은 그것이 카드든 마법이든 상관없이 그대로 파괴되거나 최소한 억제된다.

콰득!

"뭣……!? 감히 어떻게……!"

다크스타가 분노의 신음을 터트린다. 놀랍게도 다크스타의 [필드]에 펼쳐져 있던 카드에 크로노스의 검이 박혔기 때문이다.

세팅된 10장의 카드 중 세 장의 카드가 뒤집히지도 못하고 찢겨 나간다. 다크스타는 핸드의 카드를 마구 발동해 드로우를 진행했지만 쏟아지는 공격에 이미 발동하는 함정 카드까지 존재했기에 함정 카드의 수가 빠르게 마르기 시작한다.

'된다.'

다크스타의 전투의 핵심이자 덱 순환의 근원인 [창세의 주시자]가 무너져 내리기 시작한다.

고작 중급 초월자에 불과한 크로노스가 신이라 할 수 있는 다크스타의 권능을 침범한 것이지만, 이는 대우주의 상식상 이상한 일도 아니다.

"감히라니 오만하군. 나 역시 대우주에서 언터처블 클래스에 준한다고 평가받는 몸인데."

마왕과 대천사는 중급 클래스에 불과한 존재지만…… 크로노스의 말대로 대우주에서 그들은 신에 준하는 존재로 평가받는다.

당연히 절대 권능 때문이다.

'원래 권능 중에는 전투에 안 맞는다거나 내 권능무력체처럼 조커 카드로밖에 쓸 수 없는 능력이 많지만……마왕이나 대천사는 다르지.'

그들은 어떤 업적을 이뤄서, 혹은 타고나서 절대 권능을 가지고 있는 존재가 아니다.

그들은 최상급 신이자 육계의 지배자인 천신과 마신에게서 권능을 [하사]받은 존재들.

그리고 천신과 마신은…… 대우주 전체를 다 뒤져도 몇 없는 대신격(大神格).

마왕이나 대천사들의 능력에 딱 맞는 절대 권능을 [맞춤 제작]할 수 있는 존재다.

'괜히 마왕과 대천사가 높이 평가받는 게 아니지.'

자신의 전투 능력, 역량과 시너지를 낼 수 있는 절대 권능을 가지고 있으니 그들이 가진 절대 권능은 일반적인 절대 권능과 다르다. 실제로 대우주의 역사에서 그들이 신들과 대등한 전투를 벌인 기록은 얼마든지 있다는 게 그 증거.

'물론 그럼에도 한계는 있지.'

신에 준하는 존재라는 말이지 진짜 신은 아니니 당연히 혼자 싸우면 짓밟혀 죽을 뿐.

그러나 아군이 많으면 다 상관없는 일이다.

[……단기전이군요. 이번에는 저도 일격을 성공시켜

보는 것도 좋겠지요.]

"ㅁㅇㅁ!!"

―가 볼게. 조심해 재연아.

나는 세 이기어검에 모든 의념과 내공을 쏟아 내 보조한 뒤 광태극을 운용. 저주의 일부분을 받아 내는 데 집중했다.

혼자가 아니니 무리할 이유가 없다. 준비하고 있던 다크스타의 반격은 매서웠지만…… 이쪽의 멤버들 역시 하나하나가 예사로운 존재가 아니다.

"제우스의 울부짖는 천둥! 제우스의 울부짖는 천둥! 제우스의 울부짖는 천둥! 제우스의 울부짖는 천둥!"

다크스타가 죽이려 드는 극단적인 상태에서도 태양을 쏟아대던 금낭이 노마크로 풀리자 상대를 억제하고 [징벌]하는 권능의 벼락을 쉴 새 없이 떨어뜨리고.

[천신의 가호여. 만물을 치유하고 보호하소서.]

칸의 머리 위에 떠 있는 가브리엘의 몸에서 치유와 보호의 기운이 줄기줄기 뿜어진다.

황제 클래스의 힘이 아니다. 짐작건대, 아마 가브리엘 또한 그녀에게 맞는 절대 권능을 가지고 있을 것이다.

"이런, 이런……! 이게 무슨……!"

정면에서 압박해 들어오는 용신, 단둘이서도 그를 상대했던 두 플레이어.

맞춤형 절대 권능을 가진 마왕과 대천사.

그리고 죽지 않는 죽창 딜러.

"웃기지 마!! 웃기지 말라고……!"

다크스타가 악을 썼지만 그런다고 전황(戰況)을 뒤집지는 못 한다.

그렇게 대우주 올스타즈가 미궁에 들어선 지 고작 2분 11초 만에.

전투가 끝났다.

'기가 막히는군.'

물론 마냥 쉬운 전투는 아니었다.

전투가 빨리 끝난 것은 우리가 압도적인 전력(戰力)으로 전력(全力)을 쏟아부었기 때문이니까.

하지만 그래도 고작 3분 이내라는 건.

'각이…… 보이는데?'

나는 깨달았다.

'노가다가 가능하다……!'

"불가능해."

그러나 합일을 종료한 칸이 고개를 흔들었다.

"아니, 왜?"

"너무 많은 신성을 소모했어. 이제 막 용신이 되어서 신앙 자체가 얄팍하거든."

"작고 소중해!"

칸은 끼어드는 스텔라를 쓰다듬으며 말을 이었다.

"꽤 오래 쉬어야 할 거야. 회복 속도가 소모 속도를 따라가지 못하는 상태기도 하고."

너무나 당연한 일이지만 이번 전투의 일등 공신은 칸이다. 그녀는 정면에서 다크스타의 공격을 모조리 받아 내었고, 그 누구보다 큰 타격을 입히기도 했다.

칸이 없었다면, 혹은 칸이 용신이 아닌 용황이었다면…… 전투 양상은 완전히 달라졌을 것이다. 전투 시간은 3분이 아니라 수일에서 수개월까지 길어졌을 테고 승리하더라도 우리 중 반드시 사망자가 나왔을 것이다.

"나도 한동안 요양해야겠군. 이 저주들…… 일단 억눌렀지만 심상치 않아. 회복하려면 오래 걸릴 거다."

[정말 끔찍한 저주입니다. 절대 권능을 써도 제대로 해제되지 않다니.]

그토록 짧은 전투였음에도 크로노스와 가브리엘은 지친 모습이다. 맞춤형 절대 권능을 가진 마왕과 대천사는 신에 준하는 전투력을 가지고 있다고 평가되지만…… 신에 준하는 힘으로는 '죽음을 신경 안 쓰고 발악하는' 신을 상대하는 건 너무나 부담스러운 일이다.

"그럼 다음 공략 때에는 못 오는 겁니까?"

그러나 그럼에도.

"그건 아니지."

[그건 아닙니다.]
그들의 투지는 불타고 있다.

[별의 조각](등급 외. 거래 불가)
절대적인 권능이 담긴 조각. 다 모으면 신적인 힘을 얻을 수 있을 것 같다.

그들이 자신의 손에서 은은히 빛나는 조각들을 홀린 듯 보고 있다.
거래 불가능한 그 무형의 기운은, 어떤 에너지라기보다 자격이나 권리의 파편에 가깝다.
"이거 권능의 파편이군. 게다가 절대적인 권능의 조각이라는 이 설명…… 설마 절대 권능인가? 아니겠지?"
[고작 싸우는 것으로 권능을 얻을 수 있다니 말도 안 되는 일입니다. 물론 언터쳐블 클래스의 적과 싸우는 건 너무나 위험한 일입니다만.]
권능의 가치는 실로 어마어마하다. 하위 문명에서는 신으로 추앙받는 초월자들도 구경도 못 하고, 영능을 극한으로 단련해 극에 이른 중급 초월자도 별다른 기연이 없었다면 권능기(權能技)라는 이름으로 권능과 유사한 무언가만을 만들어 낼 수 있을 따름이니 이 우주적 강자들이 흥분하는 건 어쩌면 당연한 일이다.

'그래. 권능이 그만한 가치긴 하지.'

만약 권능을 생명체의 영혼과 육신을 재료로 얻어 낼 수 있다면 이 우주는 정말 끔찍한 형태였을 것이다.

대우주에는 권능을 얻기 위해 수백 수천억의 생명도 웃으며 바칠 수 있는 강자들이 수두룩 빽빽.

동급의 존재가 권능을 가지는 순간 이길 수 없는 존재로 돌변하기도 하니 강함이 다른 모든 가치를 억누를 수 있는 대우주에서 권능의 가치는 두말하면 입 아플 정도다.

"그래도 당장은…… 힘들지도 모르겠군. 저주를 해제하고 연락하지."

[그 사이에 공략을 해야 한다면 우리엘을 보내겠습니다.]

물러나는 마왕과 대천사를 보며 생각한다.

'저주 해제가 쉽지 않은 모양이네.'

하기야 나도 다크스타와의 전투 초창기에는 고작 반년을 싸우기 위해 아르데니아에서는 100년이 넘게 치료와 회복을 반복해야 했다.

대천사, 세계수 클래스를 가진 다수의 플레이어들이 수십 수백 년간 나를 치료하며 쌓은 노하우와 역량이 아니었다면 지금처럼 신의 저주를 가볍게 생각하지는 못했으리라.

후웅---!

공간이 무너져 내리고 미궁에 돌아온다.

던전 앞에서 기다리고 있던 크루제의 눈이 동그래진다.

"뭐야? 뭐 이리 금방 돌아왔어?"

"오래 걸릴 것도 없었어. 우리 쪽이 다수니…… 몰매를 놓고 끝났지."

나는 크루제와 대화를 나누는 랜슬롯을 보며 생각했다.

'나도 그렇고 금낭도 그렇지만…… 황제 클래스라는 존재는 다 기묘하군.'

사실 나와 녀석, 그리고 금낭의 활약은 크지 않다. 칸이 25개의 조각을 받고 크로노스와 가브리엘도 각각 2개의 조각을 얻은 것과 달리 우리 셋은 각각 1개도 아니고 0.7개의 조각을 얻은 것만 봐도 알 수 있는 일.

나도 금낭도 랜슬롯도 결코 힘을 아끼지 않았지만, 고작 몇 분의 시간 동안 가할 수 있는 데미지에는 한계가 있다. 절대 권능으로 한순간 신에 가까운 전투력을 발휘할 수 있는 크로노스나 한순간이나마 칸을 보호할 수 있던 가브리엘과는 상황이 다른 것.

그러나 전투 후 상태가 안 좋은 셋과 달리…… 우리 셋에게는 별다른 피로감조차 없다.

'다시 봐도 신기하단 말이지. 심창을 쓰는 데 내공도 전혀 안 느껴지고…… 나처럼 차크라 사용자인가?'

솔직히 잘 파악이 안 된다. 지금의 내 감지 능력은 결코 무시 받을 수준이 아님에도 그에게서 아무것도 느껴지지 않는다.

먼저 기세를 드러내지 않으면 황제 클래스가 아니고 일반인으로 오해할 지경이다.

'뭔 무공을 익힌 건지도 파악이 안 돼. 그냥 찌를 뿐이니…….'

다만 그의 무학(武學)이 단순할 뿐 찌르기에서 엿보이는 의념(意念)은 단순하지 않다.

무공의 경지에 이르렀다고 생각하던 나로서도 여러모로 기묘한 녀석이다.

"나는 오늘이라도 싸울 수 있으니 언제든 연락하면 됩니다."

"이거 받아."

랜슬롯의 옆에 있던 크루제가 어린아이 머리통만 한 기계를 넘겨준다.

"뭡니까?"

"통신기야. 대우주 어디서든 실시간으로 대화할 수 있어."

말이 안 되는 소리지만 적당히 넘어가기로 한다.

홀로 금단 병기를 만들어 내던 녀석이니 어떻게든 방법이 있을 것이다. 나 또한 몽환의 미궁을 이용한 신개념 통신기를 내 내면세계를 통해 이용 중이기도 하고.

"그럼."

"저도 바빠서 가 볼게요, 형님!"

랜슬롯과 금낭이 떠나간다. 그들 모두 각자의 사정으로 바쁜 모양.

칸과 스텔라가 내 쪽으로 다가온다.

"몸은 좀 괜찮아?"

"물론이지. 금낭이랑 둘이서도 싸웠는데."

"결코 약한 적이 아니었어. 게다가 공격 방식이 지나칠 정도로 음험하던데…… 이런 녀석과 그렇게 오래 싸우다니."

칸의 표정이 우울해진다. 내가 당한 꼴을 대충 예상한 모양이다.

"아빠아빠! 오랜만에 놀러 가요! 우리 영원의 전장 갈까요? 거기도 좋아요!"

"황제급 던전은 놀이터가 아니야, 스텔라."

"아니에요? 신나게 놀고 보상도 받을 수 있는 곳인데."

"굳이 말하자면 그렇긴 한데."

어이없어 웃을 때였다.

─이분들이…… 그 소문으로 듣던 드래곤들이구나. 네

아내와 자식들이라던.

어머니가 오랜만에 입을 연다. 하도 오랜만이라 잊고 있었을 정도다.

'아니, 요새 점점 대화가 뜸해지네.'

그런데 나보다 먼저 반응한 존재가 있었다.

"재연. 네게 뭔가 붙어 있다."

고고고-----!

그녀의 몸에서 무시무시한 기세가 뿜어진다.

'강해졌다.'

굳이 용신 상태가 아니더라도 칸의 전력은 분명히 높아졌다. 특히 드높아진 그녀의 마력은 틀림없이 신에 준하는 상태!

나는 그녀가 뭔가 하기 전에 말렸다.

"어머니야. 굳이 말하자면 친모."

"……."

기세가 단숨에 가라앉는다. 칸의 눈이 단숨에 온화해진다.

기본적으로 날카로운 눈매에 고압적인 표정이 깜짝 놀랄 정도로 공손하다.

"앗, 어머님이셨군요? 뵙게 되어서 반갑습니다. 용족을 이끄는 칸이라고 합니다."

-아, 그, 반가워요. 아니 그런데 내가 저기, 아…….

어머니가 크게 당황한다. 왜냐하면 그녀의 입장이 아직 애매하기 때문이다.

그녀가 내 어검이 되어 내면세계에 머물러 있게 되었으니 이렇게 지낼 뿐, 사실 그녀는 나와 남보다도 못한 사이.

아무래도 그녀는 내가 자신을 어머니라고 소개할 줄은 상상도 못 한 모양이다.

"아, 이제 들리는군요. 권능으로 보이는데…… 대단하시군요."

소통에는 문제가 없다. 실제로 그녀는 다크스타와의 전투 때에도 금낭과 어렵지 않게 소통했으니 어쩌면 당연한 일.

스텔라가 끼어든다.

"뭐야뭐야? 어머니면 저한테 할머니예요? 안녕하세요. 할머니! 스텔라라고 해요!"

-할머니…….

내면세계에 있는 어머니의 목소리가 크게 떨린다.

-그래…… 반갑구나. 이렇게라도 봐서 반가워.

웅.

'음?'

멈칫한다. 내면세계가 한 차례 떨리는 게 느껴진다. 다른 이기어검. 그러니까 클라우 솔라스나 에레보스에서는 볼 수 없던 현상이다.

"폐하."

그때 칸의 옆으로 드래고니안의 장로이자 시녀장인 유리가 다가온다.

나는 유리에게 슬쩍 눈인사한 후 물었다.

"아직 폐하라고 하네."

"이게 익숙해서. 내가 완전한 용신이라고 말하기도 어렵고."

다시 대화를 나누는 칸에게 유리가 조심스레 말한다.

"죄송합니다. 폐하. 몬스터의 공세가……."

"후우. 알았어. 그나마 빨리 나와서 다행인가."

"앗, 엄마! 파밍하러 가요 파밍?"

"그게 아니라 드래고니아를 지키는 거란다."

"현실에서 싸우면 아이템이 떨어져요!"

"그렇긴 하다만…… 시간 되면 다시 올게."

결국 칸 역시 회포를 풀 시간조차 없이 떠나갔다. 나도 그렇지만 다들 어깨에 이고 있는 것이 많고 세상은 혼란하니 바쁠 수밖에 없는 환경이다.

"그러고 보니 시간을 보내려면 진짜 던전뿐이네. 스텔라 교육 괜찮은 건가."

-저기, 괜찮은 거니?

투덜거리는 내게 어머니가 말을 건다.

"뭐가요?"

-저분은 대우주에서도 유명한 용들의 황제…… 아니 이제 살아 있는 신의 경지에 오른 분이잖니. 그런 분께 나를 어머니라 소개해도.

"어머니."

나는 짧게 한숨 쉬었다.

"저는 분명 어머니를 원망했었지만…… 그런 건 떨친 지 오래예요. 만약 어머니가 스스로 움직여 절 찾아왔다면 우리는 그냥 평범한 가족이 되었을 겁니다."

-…….

"익숙하지 않다면 좀 더 시간을 보내 보죠."

어머니는 나직한 내 말에 잠시간 침묵한다.

-……미안하다.

"또또."

피식 웃으며 현실로 나간다.

다시 일상을 살 시간이었다.

* * *

황제 클래스, 그중에서도 강대한 힘을 가진 인황(人皇)이 용병을 뛰고 아이언 하트를 탑재한 캔딜러산 기가스만은 못해도 준수한 성능을 가진 34지구산 기가스가 마나 코인으로 팔리기 시작하자 혼란스럽던 코인 가격이 단숨에 잡혔다.

아니, 그걸 넘어 폭등할 기미까지 보인다.

"그건 안 되지."

내가 가지고 있던 마나 코인을 풀어 시세를 조정하자 그것만으로 온 우주가 들썩인다.

마나 코인의 위상과 신뢰성이 대우주의 공용화폐인 게럴트에 준할 정도로 높아진 것.

그리고 당연하게도.

일종의 기축통화(基軸通貨)를 통제하는 나는 그 사이에서 엄청난 부를 얻었고.

그 기축통화가 흘러 다니는 리벤지는 더더욱 크게 성장했다.

네메시스 소프트의 시가총액은 1,000경을 돌파했다.

'언터쳐블 클래스까지 여섯 배만 더 키우면 된다!'

물론 100억짜리 회사를 600억짜리 회사로 키우는 것과 1,000경짜리 회사를 6,000경짜리 회사로 키우는 건 완전히 다른 이야기겠지만…….

이제 목표가 가시권에 있다는 게 중요하다.

'가능해.'

그래. 이건 틀림없이 가능의 영역이다. 물론 업데이트만 된다고 언터쳐블 클래스가 자동으로 들어오는 건 아니다.

언터쳐블 클래스의 습득 방법 때문이다.

[모든 플레이어의 과반수에게 신앙의 대상이 되어야 한다.]

게임상에서는 말이 안 되는 일이다. 그 많은 플레이어를 무슨 수로 강제해 한 명에게 투표하게 하겠는가?
그러나 아르데니아에서는 다르다.
황제는 이미 [신앙]의 대상이기 때문이다.
"크윽……! 네놈들……! 계속! 계속!!"
신급 던전이 생겨나면 바로 가서 처리했다. 권능의 조각이 생겨난다는 소식에 대천사와 마왕들은 물론이고 황금용제 보람을 비롯한 황제 클래스들도 적극적으로 움직이기 시작했다.
저주에 맞아 골골대면서도 어떻게든 와서 싸우는 걸 보니 권능을 향한 그들의 욕망이 얼마나 큰지 알 만하다.
"참 세상일이라는 게 알 수 없군."
또 한 번의 공략을 끝낸 크로노스가 저주의 여파로 비틀거리는 몸을 가누며 웃는다.
"예전이었다면…… 우리는 무슨 수를 써서든 너를 죽이려고 했을 것이다. 어쩌면 천족 놈들과 힘을 합했을지도 모르지."

"지금은 안 그렇다는 말이죠?"

"……그래. 몬스터 사태 때문에 모든 상황이 달라졌지. 대우주의 통합이라니. 이런 일은 절대 불가능할 거라고 생각했는데."

시간이 흐른다.

언터쳐블급 던전을 7회 더 클리어했다. 신성의 부족으로 칸의 활약은 점점 줄어들었지만 그럼에도 슬슬 권능의 완성이 다가온다.

리벤지는 순조롭게 성장했고 나는 우주적인 재력가가 되었다.

미궁에서 몬스터의 리젠이 막히자 현실에서 몬스터를 보기가 점점 힘들어진다.

우주가 점차 평화로워지고, 나와 칸을 비롯한 황제클래스들 역시 점점 여유로워졌다.

"이대로…… 잘 해결되는 건가?"

그렇게 생각하는 순간.

[Bad event 발생.]

너무나 오랜만에.
운명 선택이 울었다.

chapter3.
새로운 게임의 시작

chapter3.
새로운 게임의 시작

[폐하?]

98지구에 마련된 집무실에서 밀린 일을 처리하던 내가 멈칫하자 업무를 보조하고 있던 에드워드가 그 커다란 머리를 돌려 나를 보며 고개를 모로 꼬았다.

강력한 감지 능력을 가지지 못한 이가 보았다면 누가 봐도 인간에게 길들여진 호랑이 그 자체.

"……너 동작이 점점 고양잇과가 되는 거 같다."

[연구와 훈련의 결과지요.]

"별 이상한 훈련이 다 있네."

피식 웃으며 운명 선택을 본다.

'한동안 거의 반응이 없었는데.'

분명 초창기에는 운명 선택으로 위험을 벗어난다거나

아이템 드랍을 조정하는 등의 일이 많았지만 어느 순간 운명 선택을 활용하는 경우는 극히 드물어졌다.

이는 운명 선택에 문제가 있다기보다, 일개 초월병기 하나로 선택하기에 내 운명이 너무나 거대해졌기 때문이다.

'대부분의 기능이 소모가 크거나 무의미해지지.'

소시민이 복권의 당첨 번호를 알 수 있다면 그건 스스로의 인생과 운명을 바꿀 강력한 능력일 것이다.

그러나 세계 제일의 재벌에게 그런 능력이 생긴다면?

그저 무의미한 장난에 불과하다.

'게다가 어느 순간…… [그녀]의 행동을 엿보는 것도 할 수 없어졌어. 뭔가 대책을 세우기 시작했다는 것이지.'

그녀는 너무도 거대한 존재라 우리 쪽 행동을 제대로 인지하지 못하지만, 그것이 그녀가 우리가 뭘 하든 알 수 없다는 말은 아니다.

그녀는 언제든 나를 짓눌러 죽일 수도, 어쩌면 이 우주를 파괴할 수도 있다.

'내가 그녀를 많이 방해하고 있다지만…… 엄밀히 말하면 이 모든 게 장난에 불과하지.'

그녀는 몬스터 사태로 대우주를 엉망으로 만들어 대우주의 적이 되었지만…… 정작 그녀 스스로는 대우주를 적으로 여기고 있지 않다. 만일 그녀가 그랬다면 상황은 훨씬 심각했을 것이다.

그녀의 사도로서 내가 얻은 능력은, 권능이나 절대 권능이라는 단어로도 설명이 안 되는 수준이다.

이 말도 안 되는 게임 능력.

나는 이 힘으로 상식을 벗어나는 수준으로 강해졌고 이제 와서는 대우주 정상급의 강자가 되었다. 나를 이길 수 있는 존재가 있다면 오직 신뿐. 그나마 다크스타의 경우를 생각해 보면 그마저도 절대 쉬운 일이 아니다.

하지만 그걸로 충분한가?

'아니다.'

단순한 힘으로는 그녀를 이길 수도 막을 수도 없다. 그걸 떠나서, 이 모든 것은 그녀와의 승부 따위가 아니다.

오히려 거대한 자연 현상에서 살아남거나 적응하는 방향에 가깝다.

구구구---!

그렇게 생각하는 순간.

나는 우주 공간에 있었다.

'그래. 이럴 것 같았지.'

나는 내 앞에 있는 소녀를 바라보았다. 예쁘장한 외모를 가진, 그러나 더없이 평범한 기색의 소녀.

나는 수없이 많은 별들로 이루어진 초은하단이 풍성한 머리카락처럼 늘어져 있던 모습을 떠올렸다. 수천억, 수

천조 개의 별들이 날렵한 콧대와 살짝 지켜 올라가 있는 눈매를 그리던 모습.

그 웅장하기까지 하던, 나조차 단지 마주하는 것만으로 공포에 질리게 하던 모습은 더 이상 찾아볼 수 없지만 그것이 그녀가 약해졌다는 뜻은 당연히 아니다.

'나와 눈을 맞추고 있어.'

놀랍게도 그녀는 나를 똑바로 보고 있다. 그녀 같이 '거대한' 존재가, 나 같이 '작은' 존재에게 싱크를 맞출 수 있게 되었다는 뜻이기 때문이다.

'게다가…… 전에 보았을 때와 달라. 묘하게 자랐다.'

전의 그녀가 완전히 소녀라면 지금의 그녀는 소녀와 여인의 그 중간쯤. 그녀의 인식이나 사고가 그녀의 모습에 영향을 준다고 가정하면 지금 이 몬스터 사태 등이 그녀에게 어떠한 경험이 되고 있다고 생각해도 아마 정확하리라.

구구구!!

주변을 둘러싸고 있는 우주가 격변을 일으킨다. 그녀는 여전히 나를 가만히 바라볼 뿐 입을 열어 말을 걸지는 않았다.

그저 싱긋 웃고 있을 뿐이다.

파앗!

순간 새까만 우주에 빛이 터져 나온다. 마치 다큐멘터

리의 어떤 장면처럼 거대한 폭발이 일어나고 거기에서 흩어진 많은 것들이 우주에 흩어졌다가 그 가운데에 있는 빛의 중력에 붙잡혀 형태와 궤도를 잡기 시작한다.

우주의 탄생이다.

"……아, 설마."

나는 다시 그녀를 보았다. 싱긋 웃고 있는 소녀의 모습.

그녀의 미소에서 [자부심]이 보인다.

"설마 배드 이벤트라는 게."

변화는 빠르게 일어났다. 우주의 한가운데에는 거대한 행성이 생겼고 그 주위를 도는 4개의 행성이 생겨났다.

그 모든 것이 너무나 크다.

내 인지에 따르면.

저 가운데에 있는 항성은 98지구의 태양의 수백 배에 달하고 행성들 역시 토성…… 아니, 목성보다도 수배는 크다.

지름이 지구의 수십 배가 넘는다는 뜻이다.

구구구---!

4개의 행성에 9개의 거대한 [존재]가 탄생한다. 그들은 행성 위에 가만히 떠 있다가, 이쪽으로 몸을 돌려 꾸벅 고개를 숙이더니 행성 속으로 스며들었다.

나는 그중 한 녀석을 알아보았다.

그 긴 시간 지긋지긋하게 얼굴을 본 녀석인데 못 알아볼 리 없다.

"다크스타……."

기막혀 신음한다. 이 모든 광경이 뜻하는 바는 너무나 간단하다.

12개의 게임을 기반으로 한 새로운 우주.

'우주를 만든 건가.'

혼란스럽다. 이 모든 것이 희소식인지 아니면 비보인지도 확신할 수 없었다.

새로운 세상을 만든 그녀가 이 세상에 집중해 우리 대우주에 대해 신경 쓰지 않게 된다면 희소식. 오히려 이 안의 몬스터들이 군단을 꾸려 쳐들어온다면 비보가 되겠지.

다만 걸리는 게 있다면.

'배드 이벤트란 말이지…….'

주변을 둘러본다. 명확한 건 아무것도 없다.

'진짜 세상이기는 한 건가? 아니면 정보 세계?'

나는 온 감지력을 발휘해 사방으로 퍼트렸지만 아쉽게도 그 우주적인 감각조차 제대로 뻗어 나가지 않는다. 사실 어느 정도는 짐작한 일이다. 이곳이 어디인지 몸이 진짜 내 것인지도 확신이 안 서는 상황이었으니까.

씩.

그리고 그런 나를 보며 그녀가 웃었다.
그녀의 입술이 벌어진다.

-고마워.

'고맙다고? 뭐가?'
의아해하는 순간 세상이 암전된다.

* * *

개똥밭을 굴러도 이승이 낫다는 말이 있다.
맞는 말이다. 그러나.
인생을 그렇게 마음먹고 살아가야 한다는 건, 이승이 개똥이나 다름없다는 뜻이리라.
"아이고, 죽겠네……."
새벽같이 일어나 소처럼 일한다. 하는 일이 너무나 많은 봄철 농사. 보리도 베어야 하고 콩밭도 관리해야 하고 모종도 만들어야 한다.
"농사철이 빨리 지나야지……."
푸른콩은 제대로 수확을 못 해 포기째 수확해야 했다. 오전 내내 숙이고 일을 했더니 허리가 끊어질 것 같다.
보리 베랴 콩밭을 관리하랴 바빠서 살리안 밭에는 자주

찾아가지도 못한다. 그저 살리안 나무가 쓰러지지 않게 지주를 세우고 줄을 세워 주는 게 한계.

물 줄 시간도 없으니 비가 오기만을 기도해야 한다.

"아이고……."

밭일을 다 마치지도 못했는데 해가 진다. 이미 몸은 녹초가 된 상태다.

"죽겠네. 정말."

문제는 이렇게 죽어라 일한다고 그 수확물이 온전히 내 것이 되지도 못한다는 점이다. 망할 영주놈이 세금으로 70퍼센트를 떼 가고, 촌장이 거기에서 절반을 다시 떼 간다.

"개똥같은 인생……."

그러나 이승에 머물려면 개똥밭에서도 굴러야 한다. 내 삶을 내가 선택할 처지도 아니니 순응해야 할 것이다.

"한재연! 이 새끼야!!"

쾅!

그때 마당 문을 걷어차며 건장한 사내 하나가 집안으로 쳐들어온다. 방에 누우려던 나는 나도 모르게 몸을 떨며 자리에서 일어났다.

"아이고, 형님. 저희 집에는 무슨 일이십니까?"

"무슨 일이십니까? 이 개새끼가 내가 기러기들 모이 주라고 했어 안 했어? 기러기들이 굶어 가지고 홀쭉 말랐잖아?"

"네? 아뇨 다 줬습니다! 배추 대가리랑……."

"오늘 알도 안 낳았잖아! 이 새끼 제대로 안 할 거야?"

'아니 알을 낳으면 낳고 아니면 아닌 거지 왜 나한테 와서 지랄이야.'

나도 모르게 얼굴이 일그러졌기에 얼른 고개를 숙였지만 촌장의 첫째 아들. 경원이 귀신처럼 눈치챈다.

"너 이 새끼 지금 인상 써?"

"아뇨, 아닙니다. 형님. 제가 어찌."

"그럼 내가 괜한 트집을 잡는다 이 말이야?!"

퍼억!

눈앞이 번쩍하는가 싶더니 어느새 땅을 뒹굴고 있다. 경원이 쓰러진 나를 발로 찼다.

"이 새끼! 내가 일 처리 제대로 하라고 했어 안 했어? 꼭 이렇게 내가 수고를 하게 만들어?"

"아이고! 죄송합니다. 형님. 저 먹을 것도 부족하다 보니……."

"밭이 저렇게 넓은데 먹을 게 부족해? 이 새끼가 게을러가지고 핑계만 계속 늘어?"

퍽! 퍽!

발길질이 계속해서 이어진다. 나는 두 팔로 머리를 두 팔로 감싸 웅크린 채 경원의 분노가 풀리길 기대했으나…… 어쩐 일인지 발길질은 점점 거세지기만 한다.

퍽! 퍼억! 빡!

"끅! 혀, 형님……!"

"형님은 새끼야 내가 왜 네 형님이야? 오갈 데 없는 고아 새끼를 거둬 주었더니 은혜를 원수로 갚아?"

"아, 아니 원수라니 제가 무, 컥!"

항의하기 위해 든 고개를 딱딱한 가죽신이 후려친다. 나는 비명도 제대로 못 지르고 그대로 바닥을 뒹굴었다.

퍼억! 퍽!

그러나 경원은 그렇게 쓰러진 나를 다시 발길질했다. 나는 드디어 심각성을 깨달았다.

'이, 이 자식 정말 나를 죽이려는 건가?'

마을의 그 누구도 거스를 수 없는 부와 권력을 지닌 촌장의 자식인 그의 패악질은 어제오늘 일이 아니었지만 이건 아무리 생각해도 이상하다. 뜬금없이 찾아와서 이런 무지막지한 폭력을 휘두를 이유가 전혀 없기 때문이다.

"죽어! 죽으라고 이 건방진 새끼! 내가 예전부터 마음에 안 들었어!"

폭력은 점점 거세지기만 한다. 나는 어떻게든 막으려 했지만, 옆구리를 맞은 뒤로는 몸에 제대로 힘이 들어가지 않는다.

'죽는다고? 이렇게 허무하게?'

제대로 비명조차 지르지 못한 채 흉신악살처럼 일그러

진 경원의 얼굴을 본다.

'이게…… 내 마지막이라고?'

호흡이 가쁘다. 흘러내린 피로 눈앞이 흐리다. 팔다리에서 점차 힘이 빠져 나간다.

평생 참고 또 참았던 삶.

고되고 고되던 매일매일.

아무것도 이루지 못하고 뭐 하나 이루지 못한 채…… 나는 알지도 못할 이유로 죽었다.

그리고 그렇게 내가 죽고.

[내]가 깨어났다.

"헉헉…… 이 개새끼가 말이야. 건방지게."

사람 하나를 죽을 때까지 구타한 경원이 거친 호흡을 가다듬는다. 땀을 뻘뻘 흘리던 그가 피를 줄줄 흘리는 나를 발로 툭툭 찬다.

"야. 살아 있냐?"

혹시나 죽었을까 봐 걱정하는 분위기는 전혀 아니다. 그가 촌장의 아들로 무서울 게 없는 녀석인 것은 사실이지만 아무리 그래도 살인을 하게 되면 그리 좋지 않은 시선을 받을 게 뻔하기 때문.

즉 지금 그의 행동은 명확히 이상한 일.

물론.

지금의 나에겐 그리 궁금한 문제가 아니다.

"아니, 이건 또 뭔 게임이여…… 역할극이면 검은 영혼인가?"

"어? 아니 너 이 새끼?"

경원이 눈을 동그랗게 뜨거나 말거나 덜덜 떨리는 몸으로 자리에서 일어난다.

눈앞으로 텍스트가 떠오르고 있다.

[이야기의 시작.]

당신은 부모도 재산도 없는 마을의 일꾼입니다. 사실상 노예나 다름없는 신세지만 모든 걸 떨치고 마을 밖으로 도망칠 수도 없습니다. 마을을 보호하는 결계를 벗어나면 인간의 고기를 즐겨 먹는 괴물들이 서성인다는 이야기 때문입니다.

그러나 오늘, 촌장의 아들이 당신에게 살의를 품는 순간.

당신은 더 이상 마을에서 살아갈 수 없는 처지가 되었습니다. 마을을 탈출하여 수많은 사람들이 모이는 도시, [페이지 시티]로 가십시오.

시작 특성.

[훤칠한 외모]. [끈질긴 생명].

"하, 이게 뭔."

몸 상태를 살핀다. 마나의 도움 없이도 산을 잡아 던지던 근력도 맨몸으로 태양에 들어가도 무사하던 생명력도 흔적조차 없다.

그저 일반인에 불과한 육체 능력.

"로그인."

가볍게 중얼거린 후 신음한다. 익숙한 배경 변화가 일어나지 않았기 때문이다.

"와, 이걸 막는다고?"

"너 이 새끼 무슨 소리를 하는 거야? 아니 그보다 건방지게 나를 무시하고……."

짜악!

다시 주먹질을 하려는 듯 자세를 잡던 경원이 뺨을 부여잡은 채 쓰러진다.

"어, 너, 너? 이 건방진 새끼가 감……."

물론 녀석은 분노한 얼굴로 벌떡 일어났지만.

짜악!

"억!?"

쳐다보지도 않고 손을 휘두르자 다시 바닥에 쓰러진다. 나는 엉망이 된 몸을 보며 한숨 쉬었다.

"골치 아프게 되었네……."

새로운 게임의 시작이었다.

"이, 이 새끼…… 미친 거야? 나를 때려?"

"다만 정보가, 부족하네."

고민한다. 평소와는 상황이 조금 다른 것은 사실이었기 때문이다. 지금까지는 다른 세상에 끌려가도 로그인&로그아웃으로 상황을 파악할 수 있었는데 모든 능력이 막힌 채 다른 세계에 던져지니 밖의 상황을 알 수 없는 것.

무엇보다 심각한 건 시간이다.

"시간 배율은 어떻게 되는 거지…… 흠. 이제 신성을 얻은 칸도 있고 보람이나 랜슬롯도 있으니 우주가 단숨에 멸망하지는 않겠지만."

"이 새끼가---!!"

휘둘러지는 주먹을 가볍게 피한 후 발을 건다.

우당탕.

쓰러져 바닥을 뒹구는 경원을 보며 고개를 끄덕인다.

"아! 그래, 페이즈1 잡몹이 있었지."

"뭐라고? 지금 무슨 소리를 하고 있는 거냐?!"

"……아니 그런데 왜 이렇게 소리를 질러?"

짜증 나서 눈살을 찌푸리자 바락바락 분노를 터트리고 있던 경원이 움찔한다. 녀석이 반사적으로 몸을 끌어 뒤로 물러났지만, 하나밖에 없는 문은 이미 내가 차지하고 있어 도망갈 곳이 없다.

"경원, 경원. 그래 네 이름이 경원이고. 나는 마을의 공동 노예쯤 되는 위치의 고아고……."

아쉽게도 별다른 지식은 없다. 엄밀하게 말하자면 지식의 주입은 있었지만.

튕겨 냈다.

"아이고. 이게 플레이어 녀석들의 전승 같은 거였나."

안타깝게도 이런 외부적인 덮어씌우기가 먹히기에 내 영혼과 정신은 너무나 굳건하다. 솔직히 지식 정도는 받아도 된다고 생각하는데 마을 공동 노예인 [한재연]과 우주 최강의 황제인 [한재연] 사이의 간극이 너무나 커 대부분의 지식과 자아가 튕겨 나가고 말았다.

"이, 새끼가……! 또 날 무시해!? 덱(Deck)!"

"……뭐라고?"

분노해 소리치는 경원의 오른손에 카드 뭉치가 떠오르고 왼손 앞에 다섯 장의 카드가 잡힌다.

머리 위로 떠오르는 2개의 마나 구슬. 그중 한 개는 회색이지만 하나에는 녹색의 마력이 차 있다.

"나와라! 사나운 늑대!"

팟!

카드가 뒤집히고 내 앞으로 중형견 정도 크기의 늑대가 모습을 드러낸다. 몬스터라고까지 할 수준은 아닌 그냥 짐승.

"물어 죽여!"

"크앙!"

즉시 공격이 시작된다.

"아니, 이게 뭔."

덤벼드는 늑대를 본다. 고작 1레벨 하수인이지만 당연히 일반인에게는 무지막지한 위협이다. 별다른 무기가 없다면 아이나 여성은 물론이고 건장한 사내라도 버티는 것조차 힘들겠지.

물론.

빽!

일반인의 육신을 가진다고 자연경의 고수인 내가 일반인이 될 수는 없다.

"깨갱!"

끊어 치는 타격에 관자놀이를 얻어맞은 늑대가 개소리와 함께 바닥을 뒹군다. 나는 한 발 더 나아가 비틀거리는 녀석의 목뼈를 체중을 실어 밟았다.

뚜둑.

그대로 절명.

"매, 맨몸으로 하수인을 죽이다니……! 너 뭐야? 다른 신과 계약을 맺은 거냐!?"

"신? 뭐 그런 건 되었고 여긴 뭐냐? 다크스타 속은 아닌 거 같은데."

나 역시 다크스타를 플레이해 봤다. 그 안에서 튀어나오는 몬스터를 상대했었고 상황이 꼬이면 그 안에 끌려가게 될지 모르니 당연한 일.

그러나 아무리 생각해도 이곳이 다크스타 안이라고 생각하긴 어렵다. 다크스타는 우주선이 우주를 날아다니는 현대가 배경인데 이 세상은 아무리 봐도 중세 정도로밖에 안 보이기 때문이다.

다크스타의 구석에 이런 시골이 있다고도 할 수 있겠지만 적게나마 넘어온 지식은 아무리 생각해도 수집용 카드 게임과 맞지 않는다.

"너, 이 건방진! 감히 카드신님의 이름을 함부로 불러?"

"카드신? 아니 설마 진짜로 다크스타에 들어온 건가?"

"이 자식……!"

경원이 이를 갈며 카드 한 장을 뽑는다. 당장이라도 덤빌 분위기였지만 카드를 본 녀석의 얼굴이 일그러진다.

"왜? 덤빌 거 아니야?"

"……."

"너 설마 카드 효과로 마나 회복하려는 거 아니지? 고작 1마나잖아?"

"다, 닥쳐! 너 이……!"

짜악!

버럭 소리를 지르며 덤벼들던 경원의 뺨을 후려치자 비명도 내지르지 못하고 바닥을 뒹군다. 그저 뺨 한방일 뿐

chapter3. 새로운 게임의 시작 〈201〉

이지만 전신의 무게를 제대로 실었기에 경원의 코에서 피가 쏟아지고 몸의 중심을 잃었다.

"허, 허억…… 너, 너 이 미친."

"소리."

"뭐?"

"소리 지르지 말라고. 작게는 이야기 못 하나?"

"이 개 새--!"

짝!

"너, 너 이러고도 무사할 줄 알아? 너."

짝!

"그, 그만! 이제라도 그만두면-!"

짝!

별다른 대꾸 없이 계속해서 뺨을 친다. 녀석의 악바리는 제법이었지만 이빨이 두어 개쯤 빠지고 얼굴이 찐빵처럼 부풀어 오르자 살기 넘치던 눈빛이 죽고 더 이상 소리를 지르지도 못 한다.

이대로 더 맞았다가는 죽게 될 것이라는 걸 깨달은 것이다.

"……."

"흠. 이제 좀 대화를 나눌 상태가 되었나."

드디어 입을 다문 경원의 앞에 의자를 꺼내 앉는다. 새로운 육체로 들어와 새로운 세상을 마주했으니 정보를 수집해야 한다.

"일단 나는 왜 죽이려고 했지?"

"그, 평소에 건방지고······."

"아직도 정신을 못 차렸네."

짜악!

다시 뺨을 치자 퍽 하고 바닥에 쓰러진다. 잠시 정신을 잃은 녀석의 몸을 걷어차자 녀석이 신음을 토하며 깨어난다.

"허억, 허억······ 사, 살려 줘. 내가 다 잘못했어."

"그래서 왜 날 죽이려고 했냐고."

"네, 네가 요새 카시오랑 너무 친하게 지내서. 그, 그리고 죽이려고 한 게 아니다. 그냥 난."

"하······ 여자 문제라고?"

나는 고개를 숙여 경원의 눈을 마주 보았다. 녀석을 노려보기 위해서는 아니고 녀석의 눈동자에 비치는 내 모습을 확인하기 위해서였다.

보이는 것은 건장한 체구에 깔끔한 피부를 가진 청년.

익숙하지만, 동시에 낯선 모습.

'평범한 인간이 되었군.'

나는 인간이지만 지금에 와서는 인간이라 말하기 어려운 모습을 하고 있었다. 2미터를 훌쩍 넘는 신장에 그 키가 전혀 어색해 보이지 않는 비율. 그림자로 이루어진 장발에 훤한 대낮에도 빛나는 게 보이는 눈동자까지.

눈동자에 비친 것은 나와 몹시 닮았지만 그런 [비인간적]인 요소를 다 없앤 모습이다. 굳이 말하자면 게임 능력을 얻기 전의 나라고 할 수 있겠지.

나는 [이야기의 시작]이라 떠올랐던 퀘스트를 다시 확인했다.

시작 특성.
[훤칠한 외모]. [끈질긴 생명].

'아니 이게 무슨 훤칠한 외모야 평범한데.'

34지구에서 내 외모는 그리 특출하지 않았다. 오히려 눈매가 좀 날카롭다는 이야기를 들었을 정도니까.

아르데니아에서도 마찬가지로, 사실 당연한 것이 게임 속 배경인 아르데니아의 캐릭터들의 외모가 떨어질 리 없다.

현실과 다르게 게임 속에서는 못생기기가 잘생기기보다 어렵기 때문이다.

"……하긴 뭐. 네 얼굴에 비하면 잘생기긴 했겠네."

"그, 그게 무슨. 나 정도면."

"지랄 말고."

못생긴 것들이 흔히 하는 변명을 간단히 뭉갠 후 묻는다.

"여긴 어디냐?"

"그게 무슨…… 아, 그, 진행동인데."

"동. 일단 한국식인가? 하긴 내 이름도 한재연 그대로고 너도 이경원이었지. 그럼 나라는?"

"태조왕국…… 아니 그런데 이걸 모른다고? 너 대체."

"더 맞을까?"

"……."

적당한 폭력이 더해지자 경원이 천천히 이야기를 쏟아내기 시작했다.

이 행성의 이름은 천지성(天地星). 1만 개의 대륙을 품고 있는 무한에 가까운 세상.

'대륙이 1만 개라고?'

기가 차는 일이었지만 여기 들어오기 전에 본 광경을 떠올리면 불가능한 일도 아니다.

목성의 수배 이상 되는 거대한 행성.

대륙 크기가 적당하다는 가정하에 진짜 1만 개가 들어갈 수도 있는 수준이다.

"네 능력은?"

"12지신 중 최강인 카드신님의 힘이다. 나무 속성이고 두 개의 마나 구슬을 만들어 내는 데 성공했고 언젠가 세 번째 마나 구슬도 만들어 낼 거야! 덱이 비루해서 그렇지 나는."

"소리 지르지 말랬지?"

"……."

입을 다문 경원을 놔둔 채 생각을 정리한다.

'다크스타가 아니군…… 이거 짬뽕이야.'

이 세상에는 12명의 신이 존재했다고 한다. 그중 활동하는 건 아홉이며 셋은 죽어 허신(虛神)이 되었다.

'리벤지. 가장 어두운 절망. 그리고 블레이드&매직인가.'

즉 이미 클리어 된 게임의 경우는 신이 탄생하지 못했다는 말. 사실 그렇게 치면 멀린이 클리어했던 [다크스타]와 공포게임 [우주괴수 : 고립] 역시 신이 죽어 있어야 하지만…… 멀린이 죽어 풀려난 모양이다.

'아니 이 양반은 대체 뭐 하다 죽은 거야. 그리 쉽게 죽을 사람이 아니었는데.'

한탄하며 상황을 정리한다.

[그녀]가 새로운 세상을 만들었다.
세상의 바탕은 12개의 게임 전부에 오리지널이 추가됨.
로그인&로그아웃 능력을 포함한 모든 능력 삭제.
외부 상황 확인 불가.
게임에 끌려온 게 혼자인지도 확인 불가.

'골치 아프군. 여러 게임이 융합된 형태라면 클리어 방법도 불분명한데.'

"페이지 시티라는 게 어디지?"

"여기서 북쪽으로 올라가면 나오는 근방에서 제일 큰 도시다. 그, 그만 보내다오. 지금 일은 어디에도 이야기하지 않을 테니……."

눈물을 줄줄 흘리며 사정한다. 자기가 눈독 들인 여자가 관심을 보인다는 이유만으로 죄 없는 사람에게 살의를 보일 정도의 망종이라도 당연히 자신의 목숨이 경각에 달한 상황에서는 애절할 수밖에 없으리라.

"흠. 아니. 복수할 것 같은데?"

"뭐!? 아, 아니야! 내가 먼저 잘못하긴 했지! 미안하다. 내, 내가 이성을 잃었다. 이렇게 사과할 테니……."

자신을 죽일 줄 알고 공포에 떠는 경원을 잠시 바라보다 피식 웃는다.

"복수해도 돼."

"……뭐?"

"억울하면 복수해야지. 풀어 주지."

나는 녀석의 덱과 품에 있던 돈을 뺏은 뒤 자리에서 일어났다. 농지를 관리하기 위해 대충 지어 놓은 집에는 별다른 귀중품도 없다.

"나는 마을에 있을 거야. 조만간 떠날지도 모르니까 빨리 복수해."

그렇게 말하고 집을 나선다. 집구석에 먹을 것도 없어

서 있어 봐야 할 것도 없다.

대신 가로등 하나 없는 길을 걸으며 내면에 집중한다.

'말이 안 되는 일이지만…… 마나가 없어.'

마나가 느껴지지 않는 것이 아니다. 폐급 마나 적성으로 꽤 긴 시간을 살아온 나이기에 그 사실은 명확히 알 수 있다.

중력. 신체나 주변 식물 모두 그리 특이할 건 없지만, 이 세상은 내가 살던 세상과 완전히 다른 시스템으로 굴러가고 있다.

"마법도 안 되고. 무공도 안 되고. 흠, 이런 방식이면 차크라도 어림없겠네."

심지어 언제나 느껴지던 광활한 [내면세계]조차 느껴지지 않으니 이 세상에서 나는 완전히 일반인이나 다름없다는 소리.

그러나 내면에 더욱 집중하자.

팟!

마음속에 십수 개의 별이 떠오른다. 그 어떤 환경도 무엇도 필요 없는 오롯한 무언가.

나는 그중 하나에 정신을 집중했다.

[거신의 완력]

"아, 권능인가."

가만히 둘러보니 다른 것들도 마찬가지다. 영구기관(永久機關). 영생불사(永生不死). 불사(不死)의 화신(化身). 불가침(不可侵) 같은 기본 권능들이 느껴진다.

다만 그걸 당장 쓸 수 있는 건 아니다.

"능력치가 너무 떨어져."

죄다 스텟 기반 권능이었기에 능력치가 지나치게 낮은 지금 활용하기에는 어려움이 있다. 어려움이 있는 정도를 넘어 불러냈다가는 오히려 내가 죽을 상황.

굳이 쓸 수 있는 권능이 있다면 권능무력체 정도다.

"응? 마을에는 무슨 일이냐?"

마을이라지만 생각보다 큰 규모를 가진 목성(木城) 입구를 지키고 있던 사내 하나가 나를 발견하곤 의문을 표한다.

"저녁이나 먹으려고요."

"뭐? 이 자식이 건방지게 뭔 저녁을 마을에 와서 먹어? 집에서 대충."

"안 됩니까?"

가만히 눈을 마주하자 녀석이 멈칫한다. 아니 그걸 넘어서 뒤로 네 발짝이나 물러섰다.

확!

녀석의 몸 주위로 하얀색 기운이 퍼져 나간다.

'모리안의 신성력. 흠. 역시 선택할 수 있는 건가.'

내심 고개를 끄덕이는 내게 사내가 약간 질린 얼굴로 말한다.

"아, 안 될 건 없지. 통과."

"엥? 형님 무슨 소리십니까? 저 녀석이……."

"시끄러워! 통과!"

뒤에 있던 다른 청년이 의문을 표하거나 말거나 녀석이 나를 보냈고 나는 태연하게 성문을 지나 마을 안으로 들어선다.

진짜 중세라면 도시라고 불려도 부족함이 없을 규모였기에 식당을 찾기는 어렵지 않다.

'마나가 없는 세상이라.'

고민하고 있을 때였다.

[신성(神性)을 품은 땅(최하급)에 입장하셨습니다! 다음과 같은 선택지가 주어집니다.]

1. 카드신의 신성.
2. 전쟁여신의 신성.
3. 기괴한 괴수의 신성.
4. 옛 아버지의 신성.

"계약을 통한 이능 획득인가……."

잠시 고민하던 난 문득 드는 생각에 하나를 선택했다.

[카드신의 신성을 선택하였습니다!]

선택과 동시에 '어딘가'와 나 사이에 연결이 생겨나는 게 느껴졌다.

아주 높은 곳, 아니 어쩌면 아주 깊은 곳 어딘가에서 어떠한 [법칙]이 나를 자신의 휘하로 편입시키는 느낌.

일반적인 신성력과는 다르다.

어디선가 힘을 주입받는 게 아닌 새로운 법칙 안에서 힘이 싹트는 것.

동시에 상태창이 생겨난다.

[성명: 한재연.]
[속성: 대지 외 11종.]
[등급: 수련생.]
[최대 마나: 1.]
[소유 덱: 1개(18/30장).]

능력을 각성했다고 주어지는 기초 덱 따위는 없었지만 대신 내게는 경원에게 빼앗은 나무 덱이 있다.

"뭔가 많이 바뀌었네."

카드 게임이라는 형식을 가지고 있지만 이건 다크스타의 인터페이스가 아니다. 무엇보다 다크스타의 카드 분류는 [속성]이 아니라 [종족]이며, 등급은 수련생이 아니라 20등급으로 시작한다.

당연한 말이지만 최대 마나라는 개념도 존재하지도 않는다. 특수한 카드나 룰이 아닌 이상 모두 10마나지 최대 마나가 어디 있겠는가?

심지어 카드 덱은 30장이 되지 않으면 성립도 불가능한데 18장이 끝.

"다수의 게임이 동시에 성립 가능하도록 조율한 건가……."

생각을 정리하고 식당에 들어갈 때였다.

"……엉? 너 뭐야? 오늘은 필요한 재료 없어."

"손님입니다. 한 끼 해결하려고."

"뭐 손님? 너 미쳤어?"

식당 주인으로 보이는 사내가 어이없다는 표정을 짓는다. 나와 마주하면 머리 하나는 차이 날 정도로 왜소한 주제에 눈을 부라리는 걸 보니 이 마을에서의 내 입지가 어떤지 알겠다.

"왜요. 저는 여기서 식사하면 안 됩니까?"

"아니, 안 될 건 없지만…… 허 참. 별일이 다 있네. 돈은 있고?"

"적당히 있어요."

나는 나를 죽이러 왔던 경원의 주머니를 꺼냈다. 촌장 아들이라는 위치가 이 세계에서는 제법인 건지 주머니에 돈이 두둑하다.

"적당히 푸짐하게 주세요."

"40골드다."

그의 말에 주머니를 들여다본다. 10G라고 쓰여 있는 백금화 5개에 1G라고 쓰여 있는 금화 서른 개 정도 들어 있다.

충분히 낼 수 있는 돈이지만 아무리 생각해도 이 정도 '부피'의 돈이 한 끼 식사에 다 쓰일 것 같지가 않다. 인플레이션이 일어나서 돈의 가치가 똥값이 되지 않고서야……

"진심이십니까? 한 끼 식사로 40골드를 받겠다고?"

"건방진 소리까지 들어 줬는데 40골드는 오히려 싸지. 너 인마……."

"진심이라고? 정말?"

가만히 녀석의 눈을 들여다본다. 눈과 눈이 마주치자, 거만하게 일그러져 있던 식당 주인의 얼굴이 굳는다.

잠깐의 침묵 후. 식당 주인이 어색하게 웃으며 손을 내저었다.

"아니…… 농담이지. 2골드면 푸짐하게 주마."

"그럼 주시죠."

"어, 그, 그래."

chapter3. 새로운 게임의 시작 〈213〉

금화 두 개를 넘기자 녀석이 주춤주춤 물러나 부엌으로 향한다.

나는 적당한 자리에 앉은 후 정신을 집중했다.

키잉-!

단 한순간에, 마치 지워지듯 연결이 끊어진다. 내게 적용되던 규칙이 사라지고 상태창 역시 소멸해 버린다.

"권능무력체는 잘 돌아가네."

권능무력체를 사용하면 늘 따라오던 끔찍한 수준의 하락감은 느껴지지 않는다. 이미 이 육신 자체가 어디 더 물러설 곳이 없을 정도로 낮은 수준이니 당연한 일.

그것보다 권능무력체를 해제하자 다시 눈앞에 텍스트가 떠오른다.

[신성(神性)을 품은 땅(최하급)에 입장하셨습니다! 다음과 같은 선택지가 주어집니다.]

1. 카드신의 신성.
2. 전쟁여신의 신성.
3. 기괴한 괴수의 신성.
4. 옛 아버지의 신성.

"흠. 누가 보고 제안하는 게 아니라 자동화된 시스템 같은 건가."

나는 식탁에 팔을 괸 채 내게 적용되는 게임 능력을 하나씩 적용해 보았다.

카드신의 신성이 게임 시스템을 가져오는 거라면 전쟁 여신의 신성은 좀 더 클래식한 방식의 신성력이다. 상태창도, 게임 시스템도 없는 '신관'이라고 하면 흔히 떠올리는 신성력.

시도를 이어 나간다. 옛 아버지의 신성은 특이해서, 아무 변화 없이 그저 텍스트 한 줄이 추가되었다.

[현재 지휘 인원: 0/5]

"이게 RTS인 것 같은데……."

아무래도 전략 시뮬레이션 능력이 사람들을 지휘하고 이끄는 방식의 이능으로 발전한 듯싶은 상황.

기괴한 괴수의 신성은 더 특이하다.

뿌드득!

기기긱!

선택과 동시에 연결이 시작되자 묵직한 소리와 함께 육신이 변화하는 게 느껴진다.

생체력 같은 뜨뜻미지근한 능력이 아니다.

-바쳐라. 경외하라. 귀의하라……!

―덮쳐 쓰러트려라. 물어뜯어라. 죽여 없애라!
―숨어라. 두려워하라……!

나는 어이가 없어 눈살을 찌푸렸다.
"이건 능력이 아니잖아. 저주 아닌가?"
계약과 동시에 정신을 잡아먹으려는 '속삭임'이 쏟아지고 육신을 변이시키려는 '감염'이 시작된다.
정신 장악은 당연히 씨알도 안 먹혔지만 골격이 뒤틀리고 피부 위로 비늘이 돋아나려고 했기에 권능무력체로 단숨에 무마시켰다.
다행히 변이 상태는 유지되지 않아 권능무력체의 작동과 동시에 일반인의 몸으로 돌아온다.
"흐음. 기괴한 괴수의 신성은 나머지 세 개와 다른 성격의 계약인 것 같은데……."
잠시 고민하고 있을 때였다.
"……나왔다."
그때 식당 주인이 뚝배기에 담겨 있는 국 한 그릇을 들고 내 자리로 다가온다. 처음 나를 봤을 때와 달리 묘하게 조심하는 태도.
주변에 있던 다른 손님들이 우리를 보며 수군거린다.
"뭐야, 저 녀석 한재연 아냐? 왜 식탁에 앉아 있어?"
"아니 그것보다 토마스 저놈이 밥을 먹이려는 건가? 웬

일이여?"

모여드는 시선을 무시하곤 묻는다.

"푸짐하게 주신다더니 다른 메뉴는 없습니까?"

"다른 메뉴는 뭔 다른 메뉴야. 우리 집에서 주는 건 국밥뿐인데…… 대신 건더기를 많이 넣었어."

'국밥집이었나.'

어째 주변 사람들이 다 국밥을 먹더라니. 혀를 차며 국밥을 뜨자 녀석이 조심스럽게 말을 건다.

"너…… 설마 계약에 성공한 거냐?"

"아, 모두가 계약하는 건 아닌 모양이네요."

"뭔 당연한 소리야? 악신(惡神)의 주구가 되지 않는 이상 계약을 하는 건…… 아니, 그보다. 너 진짜 성공한 거야? 신전의 도움도 없이?"

그가 흥분한 목소리로 물을 때였다.

쾅!

"저, 저기 있습니다!"

식당의 문이 요란하게 열리더니 얼굴이 퉁퉁 부어 눈도 제대로 뜨지 못하는 경원이 모습을 드러낸다.

녀석의 뒤로 커다란 덩치에 험악한 인상을 지닌 자경단 10명이 들어오는 모습이 보인다.

"뭐, 뭐야? 너 사고 친 거야?"

"곱게 죽어 줄 수는 없어서."

"이런 미친놈. 어쩌자고 촌장님 자식을……."

뭔가 할 말이 많아 보이던 식당 주인이 주춤주춤 뒤로 물러나더니 나와 거리를 벌린다.

"정말 여기 있구나."

"네! 아버지! 저 망할 자식이 저를 구타하고 돈을 훔쳐 갔습니다! 형편이라도 봐 줄까 찾아갔더니 녀석이 기습으로……!"

경원이 억울함과 분노가 가득 담긴 목소리로 외치며, 손가락으로 나를 가리킨다.

꽤 심하게 때렸는데 식당이 쩌렁쩌렁 울리도록 목청을 높일 수 있는 걸 보니 아무래도 치유 계열 이능에 도움 받은 모양이다.

'아, 그러고 보니 치유는 뭐로 하지? 모리안 신성력? 아니면 카드 마법인가.'

후루룩.

잡다한 생각을 하며 김이 모락모락 피어오르는 국밥을 떠먹는다.

솔직히 맛은 엉망.

그러나 이러니저러니 해도 음식이, 그것도 뜨끈한 국밥이 목구멍으로 넘어가니 몸에 온기가 돌기 시작한다.

"……어이가 없군."

그때 모두의 뒤에서 중년. 아니 거의 노년에 가까운 사내가 모습을 드러낸다. 150센티도 안 되는 신장에 허리까지 굽어 건장한 사내들 사이에서 더더욱 왜소해 보이는 사내.

그의 표정이 뒤틀려 있다.

"감히 내 아들에게 상처를 입혀 놓고 내 아들의 돈으로 태연하게 밥을 처먹어?"

촌장의 외침에 험악한 인상의 자경단들이 한마디씩 내뱉는다.

"집도 절도 없는 놈을 받아 주었더니 사고를 치는구나!"

"이래서 고아 새끼는 못 써먹는다니까!"

"배은망덕한 새끼! 오늘 정신 차리도록 맞아 보자!"

자경단들이 양팔을 걷어붙이고, 주먹을 불끈 쥐며 내가 앉아 있는 테이블을 둘러싼다.

금방이라도 주먹이 날아오고 테이블이 박살 날 것 같은 험악한 분위기가 되자 식당에 앉아 있던 손님들이 하나 둘 눈치를 보며 조용히 슬금슬금 자리에서 일어난다. 그나마 식당 주인이 당황한 듯 발을 동동 굴렸지만, 촌장이 한번 노려보자 찍소리 못하고 부엌으로 모습을 감춘다.

후루룩.

그러거나 말거나 식사를 계속하는 내 모습에 자경단 중 하나가 뒤통수로 손을 휘둘렀다.

chapter3. 새로운 게임의 시작 〈219〉

"이 새끼가 뭔 밥을 처먹……!"

고개를 슬쩍 왼쪽으로 꺾으며 휘둘러진 팔을 잡아 그대로 돌려 버렸다.

쾅!

"꺽!?"

"이 새끼가……!?"

옆 테이블을 넘어트리며 넘어지는 녀석을 무시한 채 남은 국밥을 후르륵 마신다.

"아 뜨거워. 입천장이 다 데었네."

그건 꽤 그리운 감각이다. 맨몸으로 용암에 들어가도 털 한 가닥 타지 않게 된 지 오래기에 더더욱 그러하다.

"뭐야, 이 자식? 설마 계약자가 된 건가?"

"모두 조심해!"

자신만만하게 다가오던 자경단들이 무기를 치켜들며 주변을 포위한다. 바로 방심을 버리고 진형을 짜는 걸 보니 양아치 같은 태도와 별개로 전투 경험은 많은 것 같다.

"경원아. 저 자식 계약했나?"

"모, 모르겠어요. 아버지. 늑대를 맨손으로 잡긴 했는데……."

"그 말을 했어야지. 후. 귀찮게 되었군."

파라락.

촌장의 옆으로 카드 뭉치가 떠오르고 한 손에 카드 다섯 장이 잡힌다.

3개의 마나 구슬은 이미 꽉 차 있다. 앞서 경원이 보인 전투 방식을 보면 아마 여기 들어오기 전부터 덱을 소환한 상태였던 모양이다.

"나와라. 사냥꾼 살해자."

팟!

공간이 일그러지더니 녹색 비늘의 리자드맨이 모습을 드러낸다.

그리고 그 즈음에는 이미 화살 한 대가 내 상체를 노리고 쏘아진 상태다.

"끄악!!"

비명이 터져 나온다. 주변을 포위하고 있던 자경단들의 놀라 떠든다.

"뭐, 뭐야? 지금 뭘 한 거지? 화살을…… 때렸어?"

"제길 덮쳐!!"

외침과 동시에 자경단이 달려든다. 나는 일어나는 동시에 앉아 있던 의자를 집어던졌다.

빡!

창을 내찌르려던 자경단이 의자 모서리에 얼굴을 맞고 휘청거리는 걸 보며 한 걸음 앞으로 나선다. 그 급박한 와중에도 내찔러지는 창을 당겼다가 다시 밀어 넘어트리며 회전하는 손등으로 좌측 녀석의 뺨을 친다.

짝!

생각보다 자경단의 수준은 나쁘지 않았다. 이 세계의 수준은 중세 랜드로 보였지만 그들의 능력치는 결코 그 수준이 아니다. 10명의 자경단 중 절반 정도가 계약자로 보였고, 나머지 다섯도 나름 탁월한 구석이 있었다.

상식적으로 생각하면, 고작 일반인에 불과한 육체 능력을 가진 내가 감히 감당할 수 없는 적.

그러나 나는 자연경.

대우주 모든 무인을 줄 세워도 다섯 손가락 안에 드는 존재다.

휘릭!

흘려낸다. 나는 강(强)에 능숙한 무인이지만 근력도, 체력도 보잘것없어진 지금 평소대로 싸웠다간 금세 지쳐 쓰러지고 말 것이다.

심지어 로그인&로그아웃도 불가능한 상황이 아닌가?

'다크스타와의 전투가 꽤 도움이 되네.'

광태극은 요결 태반은 기공술이지만 그럼에도 그 근본은 유(流)의 극한.

고작 운동 에너지를 흘리는 것 정도는 내게 아무것도 아니다.

짜악!

파고들어 서로의 공격을 얽히게 한 후 뺨을 친다. 온몸에 모리안의 신성력을 두른 녀석은 반사 신경을 강화한 듯 내 움직임을 똑똑히 마주 보았지만 함께 덤벼드는 동료들의 움직임에 막혀 버벅이다 남들과 똑같이 뺨을 맞았다.

짜악! 짜악!

손이, 발이, 팔꿈치와 무릎이 회전해 원을 그린다. 원의 경로에는 어김없이 녀석들의 팔과 다리, 그리고 뺨이 있었다.

짜악!

우당탕!

뺨을 맞은 마지막 자경단이 허공을 붕 날아 테이블을 세 개나 밀어 버리며 바닥을 뒹군다.

그리고 마침내 흐름이 끊기는 순간.

[키엑——!]

쓰러진 테이블 뒤에 숨어 있던 리자드맨이 기다란 꼬리를 채찍처럼 휘둘렀다.

"됐다! 건방진 놈! 사냥꾼 살해자는 그 어떤 전장에서도 기회를 놓치지 않는……!"

촌장이 흥분해 외칠 때 난 이미 녀석의 꼬리를 발바닥으로 딛고 밀쳐 그대로 허공을 빙글 돌았다.

[켁……?]

허공을 빙글빙글 돌며 접근하는 내 모습에 이빨이 다 드러날 정도로 미소 짓던 리자드맨이 멍한 표정을 짓는다.
 그리고 그런 녀석의 정수리에.
 푹.
 자경단에게 빼앗았던 창을 박아 주었다.
 탓.
 모든 운동에너지를 쏟아 내 회전을 멈춘 난 그대로 촌장의 앞에 착지했다.
 "어…… 어? 뭐? 이게 무슨."
 "일단 한 대."
 짝!
 굳이 대답을 듣지 않고 뺨을 쳤다. 작정하고 친 탓에 이빨 두세 개가 총알처럼 부엌으로 날아가는 모습이 보인다.
 "악!"
 부엌문 뒤에 숨어서 싸움을 훔쳐보던 식당 주인이 이빨을 얻어맞고 뒹구는 모습이 보인다.
 "으으……."
 "아, 아파…… 화살, 화살이……."
 "끄륵……."
 잠깐의 소란이 지나간 식당이 침묵에 잠긴다. 작게 들려오는 건 쓰러진 녀석들의 신음 소리뿐.

나는 내가 한심해서 웃었다.

"하. 싸움이 이게 뭐냐."

불과 얼마 전.

나는 아홉 개의 머리를 가진, 산맥보다도 거대한 용신과 악을 쓰며 저주를 쏟아 내는 신과 싸웠다.

그 싸움에는 천계의 대천사와 마계의 마왕. 무한히 죽지 않는 창의 황제와 온 우주의 초월자들에게 대스승이라 불리는 존재도 함께 했다.

그런데 지금은 어떠한가?

창과 몽둥이를 든 자경단이 적이다.

"하."

너무나 극명한 격차에 다시 한숨이 흘러나온다.

가슴이 옹졸해진다.

그렇게 잠시 후.

"으으…… 아파……."

"허으어…… 내 이빨……."

"팔이 부러진 것 같아……."

마을 한가운데에 서른 명의 사내들이 바닥에 쓰러져 징징거리고 있다. 팔다리가 부러진 이도, 몸에 칼이나 화살이 박힌 이들도 있지만 대체로 뺨을 부여잡고 있었다.

죽은 이는 없다. 굳이 살수를 쓴 건 촌장이 소환한 리저드 맨뿐이었기 때문이다.

"흠. 이제 뺨 맞을 놈은 더 없나?"

그렇게 묻는 순간이었다.

슈욱!

나는 몸을 틀어 날아든 화살을 피했다. 뒤쪽에서 활을 겨누고 있던 사내가 기겁하는 모습이 보였다.

"뭣!? 부, 분명 사각(死角)에서 쐈는데……!"

"하나 더 있었군."

짜악!

녀석은 도망가려 했지만 어렵지 않게 따라잡아 뺨을 친다. 제법 세게 쳤는데도 녀석은 굴하지 않고 품에서 단검을 꺼내 덤벼든다. 녀석의 검에 푸른 기운이 맺힌다.

검기는 당연히 아니고 검에 내공을 조금 담은 정도.

무협식으로 말하면 이류 턱걸이쯤이다.

"여기도 내공이 있긴 하네. 계약자 목록에는 안 뜨던데…… 다른 도시에 가야 하나."

짜악!

뺨을 친다. 녀석이 악을 쓴다.

"뭐야! 너 뭐야!? 계약자로서의 기척이 없는데 화살은 어떻게 피했……."

짜악!

내공을 이용해 날뛰지만, 뺨을 네다섯 대 정도 더 맞자 그대로 바닥에 나뒹군다. 이를 악물고 다시 일어섰지만,

머리가 핑 도는지 몇 발짝 걷지도 못하고 다시 주저앉는다.

나는 녀석의 옆에 의자를 놓고 앉으며 말했다.

"소리."

"……뭐?"

"나무로 된 활로 화살을 쏘면 화살보다 소리가 먼저 닿는다. 방심하지만 않으면 일반인의 귀로도 충분히 반응이 가능하지."

지금의 나는 일반인이다. 잘 먹지 못해 깡말랐지만 건장한 체구를 타고났고 감각에도 문제가 없는 성인 남성.

내 입장에서 말하자면 벌레를 넘어 플랑크톤 같은 육신이지만…… 나는 [신체]를 다루는 데 익숙한 존재다.

극한으로 운용하면 일반인의 육신도 제법 괜찮은 퍼포먼스를 보일 수 있는 법.

그러나 녀석은 이해가 안 되는 모양이다.

"마, 말도 안 돼. 그런 일반인이 어디……."

"저기 광장에 가 있어. 아, 그 단검만 내놔라."

나는 녀석의 단검을 빼앗은 후 마을 녀석들을 뻥뻥 차 마을 가운데에 몰아넣었다. 서른이 넘는 수 중 3분의 1이 계약자였지만 잠깐의 전투로 완전히 기가 꺾여 감히 대항하지 못 한다.

"흑…… 흑. 화살이 안 빠져요. 저, 저는 치료 받아야."

"엄살은."

푸욱!

"으아악!"

리자드맨의 화살에 맞은 자경단 녀석이 죽는다고 소리를 질렀지만 34지구의 치유사 면허 시험도 통과할 정도의 의학 지식이 있는 난 어렵지 않게 살을 째 화살을 뽑고 상처를 지혈했다.

나름 친절한 행동이었음에도 마을 사람들이 더더욱 겁을 먹고 눈도 마주치지 못 한다.

물론 모두가 그런 것은 아니었다.

"……너 뭐냐. 대체 무슨 일이 벌어졌기에 하룻밤 만에 이런 변."

"그만."

치유 카드라도 쓴 건지 몸을 추스른 촌장의 말을 끊는다.

"질문은 금지야. 이 쓰레기 같은 몸에 깃들어서 수준 떨어지는 너희하고 대화할 기분이 안 든다."

솔직히 불안감이 없는 건 아니다.

물론, 내 앞날에 대한 부담감은 아니었다.

'나야 어디에서든 할 일 하니까.'

지옥에 떨어지면 탈출할 것이고, 마계에 떨어지면 마왕이 되는 게 바로 나라는 인간.

다만 나 스스로에 대한 걱정이 안 되는 것과 달리……

바깥세상이 몹시 걱정된다.

'아, 이거 시간 배율이 어떻게 되는 거야? 가장 어두운 절망 때 그랬던 것처럼 현실 시간이 정지되어 있다면 안심일 텐데.'

그러나 로그인&로그아웃마저 막힌 지금 현실의 상황을 알 수가 없다. 끝없는 과금과 수련으로 신에 버금가게 강화된 내 본신의 상태조차 의문인 상황.

솔직히 짜증 난다.

"너! 내 뒤에 누가 있는지 아나! 천둥벌거숭이처럼 날……."

짝!

"이, 미친놈! 뒷일을."

짝!

"아니. 왜 계속 뺨을."

짝!

"그, 그만 때……."

짝!

"사, 살려……."

짝!

비실비실하게 생긴 주제에 그래도 계약자라는 건지 몇 방이나 버텼지만 결국 입을 닥치게 되었다.

나는 질린 얼굴로 나를 바라보는 사람들에게 말했다.

"설명해 봐."

"뭐, 뭘 말입니까?"

"이 세상에 대해 처음부터 끝까지 다."

내 말에 내게 덤볐다 바닥을 뒹굴던 사내들도, 싸움에 끼지 않고 상황을 지켜보던 마을 사람들도 멍한 표정으로 나를 바라보았다.

그들이 정박아가 아닌 이상 뭔가 이상하다는 걸 알 수밖에 없을 것이다. 지금 여기에 있는 나는 그들이 알던 '일꾼' 한재연이 아니라는 것을.

이는 내게 위협이 될 수도 있는 전개이지만 상관없다. 위협을 만들기 위해 나를 죽이려 했던 경원을 살려 둔 것이니까.

모든 것이 불분명할 때.

가장 깔끔하고 단순하게 상황을 정리하는 것이 바로 '적'이다.

"아, 저희 마을의 이름은."

"마을은 됐고, 행성, 대륙 순으로 모든 이야기를 크게 시작해."

차가운 목소리에 겁먹은 마을 사람들이 주절주절 이야기를 늘어놓기 시작한다. 가끔 멍청한 소리를 하거나 분위기를 망치는 녀석들의 뺨을 간간이 쳐 주니 이야기가 점점 정리된다.

이 [우주]에는 네 개의 행성이 존재하며 이 행성은 그

중 천지성. 그 안에는 1만 개의 대륙이 존재하며 그 모든 대륙에 수없이 많은 종족이 살아가고 있다는 이야기.

1만 개의 대륙 중 하나인 [울림] 대륙에는 3개의 제국과 42개의 왕국이 존재한다는 이야기.

"소, 솔직히 라디오나 신전에서 전해 들었을 뿐 까마득한 이야기이긴 합니다. 1만 개의 대륙이라니…… 가장 빠른 새가 수십 년을 날아도 못 둘러볼 겁니다. 가까운 왕국까지 가는 데에도 수개월이 걸리는데."

내게 단검을 뺏긴 녀석이 조심스럽게 말을 늘어놓았다.

"너는 다른 왕국 출신인 모양이던데."

"제 이름만 들어도 아시겠지만 태조왕국 출신은 아니죠. 자유도시 페이지를 넘어가면 나오는 데블린 왕국 출신인데…… 저도 여기까지 오는 데 몇 년이 걸렸습니다. 중간중간 일이 많기도 했지만요."

"그 왕국은 무신이 지배하는 땅이라고 했던가."

"신께서는 지배하지 않으십니다. 그저 은총을 내리실 뿐이지요."

이 세계에는 아홉의 신의 존재하며, 그중 인간이 신앙하는 신은 여섯이다.

'카드신, 무신, 전쟁여신, 옛 아버지, 균열신, 미궁의 주인.'

반면 신앙하기는커녕 이름을 부르기조차 꺼려 하는 악신(惡神) 역시 존재한다.

'기괴한 괴수, 깊은 어둠, 엘더 데몬.'

이 세상에는 아홉 개의 게임이 묘한 균형을 이루며 뒤섞여 있으며 아홉 신은 그 정점에 위치한 존재들이다.

네 개의 행성. 그 아래 존재하는 1만 개의 대륙 곳곳에 그들의 신성이 퍼져 있다는 점에서 더욱 그러하다.

'바뀐 게 많아.'

다크스타의 게임 룰이 많이 바뀌었듯 이 세상에 적용된 아홉 개의 게임 모두가 각각의 방식으로 많은 변화를 겪었다. 하기야 완전히 다른 세계관들이 하나로 합쳐지려면 어쩌면 당연한 일일 것이다.

'그래서…… 클리어 조건은 뭐지. 아홉 신 중 하나를 죽이면 되나? 아니면 전부 다?'

물론 지금의 내겐 불가능에 가까운 일이다. 아니 지금의 나는커녕 본래의 나도 힘든 일이겠지. 금낭과 함께였을 때에도 다크스타 하나 잡기 위해 얼마나 긴 시간을 썼던가?

"촌장."

"아, 그, 네."

처음에야 암흑가의 보스처럼 분위기를 잡으며 등장한 녀석이었지만 몇 대 맞다 보니 아주 오랫동안 잊고 산 예의라는 게 떠오른 모양이다.

"방 하나 준비해."

"제가 왜…… 아니, 알겠습니다."

가볍게 바라봐 주자 바로 고개를 숙인다. 변방에 있는 마을치고는 제법 규모가 있는 편이지만 그래 봐야 인구가 수백 명밖에 안 되는 마을에 있던 수십 명의 장정이 일방적으로 얻어터졌으니 어쩌면 당연한 일이다.

물론 몇 대 맞았다고 녀석이 개과천선할 리는 없는 만큼 암살을 노린다거나 음식에 장난질을 친다거나 할 수도 있지만…… 그 정도 긴장감은 있어야 수련이 재미있을 것이다.

팟!

그런데 그때 눈앞으로 텍스트가 떠오른다.

[변방의 이변.]

당신은 놀라운 힘으로 자신을 억압하던 모든 이들의 마음을 꺾고 마을을 정복하는 데 성공했습니다. 원한다면 이 마을의 모든 것이 당신의 것. 당신은 이대로 마을에 눌러살 수도, 더 넓은 세상을 향해 나아갈 수도 있습니다.

[선택]

1. 마을에 머무른다.(1급 영주 특성 추가. 계약 선택.)

2. 페이지 시티로 이동한다.(1급 여행자 특성 추가. 계약 선택.)

나도 모르게 눈살을 찌푸린다.
"……아무래도 이 퀘스트 같은 건 이 세상 사람들에게는 없는 것 같은데."
이게 뭘 뜻하는 건지 짐작하기 어렵다.
[그녀]는 대체 뭘 원하고 나를 이리로 납치한 것일까? 이 세계를 내게 자랑하려고? 나를 죽이려고? 그것도 아니면.
'나를 주인공 삼기라도 하겠다는 건가?'
답을 알 수 없는 의문에 잠겨 있던 내게 촌장이 조심스레 말한다.
"여, 여기가 마을에서 가장 좋은 집입니다."
"너희 집이 더 커 보이던데."
내 말에 촌장이 식은땀을 흘린다.
"그, 그렇긴 합니다만 너무 개방되어 있어 불편하실 겁니다. 그리고 또."
"됐어. 어차피 오래 안 있을 거니."
집안에 들어가 가부좌를 취한다. 꽤 많은 녀석들을 제압하고 리자드맨의 경우는 죽이기까지 했음에도 딱히 경험치가 들어온다거나 하는 느낌은 없다.

'마나는 느껴지지 않는 정도가 아니라 없는 것 같고.'

기본적으로 마나가 없는 세계관이다.

계약자라는 이능 사용자들이 존재하긴 하지만 그건 새로운 [세계관]의 편입으로 가능한 일.

"이거야 원. 폐급 마나 적성일 때가 떠오르네."

꽤 많은 계약자를 맨몸으로 제압했지만 여전히 나는 일반인. 물론 계약을 하려면 당장이라도 하겠지만.

'좀 찝찝하단 말이지.'

훅.

가라앉는다. 내면세계 깊은 곳을 들여다보자 선명하게 빛나는 십수 개의 별이 존재감을 뽐낸다.

다른 세계에서조차 오롯이 존재하는 힘.

권능이다.

'다만 이건 쓸 수 없어.'

그것이 너무 강한 권능이라서가 아니라 스텟 기반이기에 벌어지는 일. 나는 쓸 수 없는 권능들에 집착하기보다 내면세계를 더 세세히 관조했다. 별처럼 빛나는 권능과 달리 은은히 빛나는 아주 미세하게 작은 무언가가 느껴진다.

'……알 수 없군. 권능의 조각 같은 건가.'

그건 너무나 작디작은 힘이었지만 그 수가 수십 수백만 개는 될 정도니 마냥 무시할 것도 아닌 상황.

그러나 다른 권능과 달리 정신을 집중해도 제대로 통제하기 어려웠다.

내 안에 있음에도 내 것이 아닌 것 같은 느낌……

'이건 천천히 알아보기로 하고. 음?'

그런데 그렇게 내면세계에 궁구(窮究)하던 내게 기묘한 것이 보인다.

웅!

그전에는 보이지 않던 새로운 별빛이 등장하더니 내게로 날아든다. 그것은 내 통제와 아무 상관 없이, 마치 자의식이 있는 것처럼 움직이고 있다.

'새로운…… 권능?'

그렇게 생각하는 순간.

파앗!

빛무리가 폭발하고 [연결]이 시작된다.

―들리니?

―세상에. 이런 게 성공하다니……

―ㅁㅇㅁ? ㅇㅇㅇ!? ㅇㅇㅇ!

내면세계라고 표현하긴 했지만 어디까지나 상념의 바다에 불과하던 어둠 속에 명확한 이미지가 떠오른다.

어둠이 확 물러나며 드러난 빛 속에서 수수한 외모의

젊은 여성이 모습을 드러낸다.

 바로 알아볼 수밖에 없다. 어린 시절 늘 봐 왔던 얼굴이기 때문이다.

 "……어머니?"

 "그래! 살아 있었어! 살아 있었어……."

 "아이고."

 눈물 흘리는 그녀의 모습에 나도 모르게 신음한다.

 그럴 수밖에 없다.

 "현실에서도 시간이 흐르는군요?"

 이 망할 게임에 시간제한이 걸렸다는 사실을 깨달았기 때문이다.

chapter4.
연결

chapter4.
연결

"시간?"

"네, 시간."

무슨 의미인지 모르겠다는 표정의 어머니에게 이런저런 질문을 던져 상황을 파악한다.

"우리도 그 정도의 시간이 흘렀단다."

첫째로 시간의 흐름은 일대일로 흐르고 있다는 사실을 알 수 있었다. 심지어 이는 현실뿐이 아니라 아르데니아도 마찬가지.

지금까지와 달리, 내가 없음에도 아르데니아의 시간이 흘러가고 있다는 말이다.

"네 몸은 98지구에서 정신을 잃고 쓰러져 있단다. 그리고 아르데니아에 있는 네 몸도 마찬가지 상황이라고 해.

이건 직접 확인한 건 아니지만 에드워드 씨가 알려 주셨단다."

둘째로 내 몸 상태도 알 수 있었다.

'시간이 안 멈추면 이렇게 되는군.'

내 몸은 현실에 그대로 남았다. 인류제국의 초월자들이 조사한 바에 따르면 그 안에서 영혼의 존재가 느껴지지 않는다나.

보통 인간의 육신에서 영혼이 빠져나가면 육신의 생명력이 서서히 약해지다 죽음에 이르게 되지만 그건 보통의 경우.

내 육신은 너무나 강건해 그냥 내버려 둬도 천 년이고 만 년이고 노화도, 변질도 없이 멀쩡할 터였다. 방치 정도가 아니라 폭탄을 터트리고 용암에 담가도 털끝 하나 다치지 않을 몸.

절대 고수가 검강으로 그어야 고작 생채기나 만들 수 있을까.

물론 그렇다 해도 방치되어 좋을 게 없으니 인류제국에서 엄중히 보호받고 있다고 한다.

"하모니 양의 설명에 따르면 금낭이라는 분도 같은 처지라고 하셨어. 당장은 얼마 지나지 않아 괜찮지만……그 한 분으로 인해 성립되는 계약이나 조율이 많아서 걱정이라고 하셨고."

셋째로 이 세계에 끌려들어 온 것은 나 한 명이 아닌 듯하다.

 '물론 이 사실을 확인하려면 오래 걸리겠지.'

 그는 나와 같은 행성에 있을 수도 있지만 다른 세 개의 행성 중 하나에 있을 수도 있다.

 행성 하나하나가 목성의 수배 이상의 크기를 가지고 있다는 걸 생각해 보면 그를 만나려면 정말 까마득한 시간이 필요할 것이다.

 "아."

 나도 모르게 신음한다.

 '좋지 않아.'

 이 세상인지 게임인지 모를 곳의 볼륨이 너무나 어마어마하다.

 세상은 무지막지하게 넓고 등장인물은 가늠이 안 될 정도로 많고 심지어 그 정점에 존재하는 아홉 신까지.

 그리고 무엇보다 클리어 조건이 짐작조차 안 된다. 이 세상은 위험에 처하지도, 혼란에 빠지지도 않았다.

 '어쩌면…… 클리어 조건 따위는 없을지도 모른다.'

 그래, 이게 현실화 된 '게임'이 아니라 각종 게임을 끌어와 만든 '세상'이라면 게임 클리어 따위 있을 리 없다.

 플레이어에게나 게임 클리어지 NPC 입장에서 그건 세상의 종말이니까.

"이거 참."

고개를 절레절레 흔든다. 나름 절망적인 상황이었지만 이런 상황이 처음은 아니다.

언제나 그랬듯, 당장 할 수 있는 일에 집중할 생각이었다.

'클리어는 염두에만 두고 이 세상에서 탈출하는 방향으로 고민해 봐야겠군. 그녀가 그걸 두고 볼지는 모르는 일이겠지만.'

생각을 정리한 후 묻는다.

"그나저나 여기는 어떻게 찾아온 거예요?"

사실 이해하기 어려운 일이다. 내가 어디 옆 행성 정도로 온 것도 아닌데 어찌 연결이 가능하단 말인가?

심지어 [그녀]가 만든 세상에 침투하다니⋯⋯ 설사 권능이라 해도 불가능에 가까운 일이다.

'설마 절대 권능인가?'

그런 생각이 들었지만 그 또한 말이 안 되는 일이다.

나조차도 모든 기본 권능을 획득한 뒤 옥황상제를 만난 다음에야 하나 얻을 수 있던 절대 권능을 권능은커녕 초월자, 아니 어쩌면 완성자가 될 자질조차 없던 어머니가 어떻게?

그러나 영문을 모르는 건 그 당사자자 역시 마찬가지다.

"나도 잘 모른단다. 애초에 어떻게 얻은 권능인지도 모르는데…… 이름도 이상하고."

"확실히, 이상한 권능이긴 하죠."

권능, [빈 객석].

내가 얻은 권능이 아니라서 안내 텍스트도 없는 이 기묘한 권능을 어머니는 그저 팔다리를 쓰는 감각으로 쓰고 있지만…… 여전히 그 정체는 불명이다.

본인의 몸이 사라지고 남의 이기어검에 깃드는 현상이 [객석]과 대체 무슨 상관이란 말인가? 심지어 나는 어머니를 매개체로 다른 존재와 [연결]되거나 [소통]하는 것도 가능하니 이 권능의 저점과 고점을 짐작조차 하기 어렵다.

"그래도 다행이네요, 황제. 혹시나 죽기라도 한 건 아닌지 걱정했는데."

그때 어머니 뒤에 서 있던 여인이 앞으로 나선다. 하얀, 백인의 외형을 가지고 있다는 걸 감안해도 너무나 하얀 피부의 여인이다. 머리카락마저 백발에 가까우니 빛을 받으면 빛이 반사될 지경.

"클라우 솔라스."

"솔라라고 불러요. 설마 이 모습을 하게 될 줄은 몰랐는데……."

떨떠름한 표정의 그녀의 옆에는 까만 눈에 흑단 같은

머리칼을 길게 늘어트리고 있는 사내가 있다.

"……에레보스?"

"어? 으…… 앙…… 제…… 황제."

떠듬떠듬 입을 여는 모습이 어색하기 짝이 없다. 태어나서 처음 말을 하는 모양새.

'아니, 실제로 처음이겠지.'

그는 잘생긴 미남이었으나 그의 어색한 표정과 발음이 그를 모자란 사람으로 보이게 한다.

"강제로 인간형을 부여한 건가?"

그가 내면세계에서조차 검의 모습을 하고 있었다는 걸 생각하면 아무래도 자의는 아닌 선택.

"흠. 아무래도."

쿠르릉!!

그러나 길게 생각할 여유는 없었다. 세계가 흔들리기 시작했기 때문이다.

내면세계의 문제가 아닌 현실세계의 문제다.

"일이 생겼네요. 지금 이 연결 다시 하실 수 있어요?"

"으, 응. 원리는 잘 모르겠지만……."

"나는 여기 잘 있다고 밖에 전해 줘요."

그렇게 말하고 눈을 뜬다.

쾅쾅쾅.

"문 열어! 손님이 왔다!"

"손님?"

왠지 기고만장한 목소리에 자리에서 일어나 문을 열고 나간다. 문밖에는 촌장의 아들 경원이 카드 덱까지 불러낸 상태로 서 있었는데, 나와 싸우자는 태도는 아니고 내 변덕으로부터 스스로를 지키기 위함으로 보인다.

"뭐냐?"

"이 멍청한 놈. 마을에서 그런 난장을 치고 뒷일을 생각도 안 했지? 여기가 시골이라고 무시했나 본……."

짜악!

기세 좋게 소리치고 있던 경원이 바닥을 뒹굴다 벽에 부딪힌다. 덱을 소환하고 있건 말건 반사 신경이 느리니 다 소용없는 일.

다시 묻는다.

"뭐냐고."

"아, 그, 왕국의 징수관님이 오셨습니다. 마을이 비상 상황이 되면 마을을 구하기 위해."

"비상 상황 같은 소리 하고 있네. 촌장이 불렀겠지."

피식 웃으며 건물 밖으로 나갈 때였다.

두둥--!

묘한 음률이 들린다. 더없이 익숙하지만 현실에서 듣기는 어려운 소리.

즉.

게임적인 효과음.

[보스 등장.]
[변방의 징수관 이한샘.]

텍스트와 함께 마을 중앙에 있는 광장에 전신 갑주로 온몸을 뒤덮은 사내가 모습을 드러낸다.
띠링!
그때 알림과 함께 퀘스트 창이 떠오른다.

[변방의 징수관.]
촌장의 간청을 받고 변방의 징수관. 이한샘이 찾아왔습니다! 징수관은 내로라하는 왕국의 강자만이 맡을 수 있는 직위로 신전의 성기사들조차 부담스러워하는 존재입니다.
그와 맞서 싸워 마을에서의 지배를 공고히 할 수 있습니다.
(4급 영주 특성 추가.)
그에게서 도망쳐 페이지 시티로 숨어들 수 있습니다.
(2급 여행자 특성 추가.)
그리고 그에게 잡혀 그의 종자가 될 수 있습니다.
(1급 종자 특성 추가.)

"그놈의 페이지 시티는 참······."

아무래도 정상적으로 이 게임을 진행하면 무조건 가야 하는 지점인 모양이다.

"흐윽······ 윽! 건방진 놈! 네놈이 이상한 재주를 가지고 있지만 징수관님에게는 어림도 없어! 그분은 왕국에 서른밖에 없는······."

"됐고. 너 혹시 저 글자 보이냐?"

"······뭐? 글자?"

"역시 안 보이나."

영문을 모르겠다는 표정의 경원을 잠시 바라보다 미동도 없이 나를 바라보고 있는 사내 쪽으로 고개를 돌린다.

'제법이군. 장비빨까지 하면 마스터 정도는 되겠는데.'

경지 차이가 극심해, 척 보면 경지부터 버릇까지 대충 알 수 있는 상황임에도 절로 눈이 가늘어진다.

원래의 나라면 그저 노려보는 것만으로도 죽을 녀석이지만······ 일반인의 몸을 가지게 된 지금의 내겐 결코 쉬운 상대가 아니다.

"처음 마을에 들어왔을 때 저 녀석이 기다리고 있었다면 계약을 하거나 도망가야 했겠네."

그러나 이제는 아니다. 내면세계를 훑어보고 권능들을 관조(觀照)하면서 대략적인 방향을 잡았기 때문이다.

"······특이한 녀석이군."

쿵.

 전신 갑주의 징수관, 한샘이 발걸음을 내딛자 그것만으로 땅이 울린다. 투구의 얇은 틈 너머로 예리한 눈빛이 반짝인다.

 "어떤 신의 계약자지? 이렇게 완벽히 숨기다니."

 "계약 같은 건 안 했다만."

 내 말에 녀석이 코웃음친다.

 "나를 우롱하려 드는군. 척 봐도 대단한 강자인데 계약자가 아니라니 말이 안 되지."

 우우웅--!!

 녀석의 전신 갑주에 빛나는 문양들이 떠오른다. 일종의 마법 장비인 모양.

 그래서 마법 전사인가 싶었지만.

 "덱(Deck)."

 "또 카드냐."

 그러나 겉으로 봐서는 녀석이 카드를 뽑는 모습도, 카드를 세팅하는 모습도 볼 수 없다.

 아무래도 그 모든 과정이 갑주 안에서 이뤄지도록 장치가 되어 있는 모양이다.

 "무쇠 동력 발동. 마나 활성 발동."

 위이잉. 철컹.

 갑주 안에서 카드가 뽑히고 발동된다. 놔두면 놔두는

대로 위험한 카드술사가 세팅을 시작한 것.

그러나 나는 녀석을 당장 공격하는 대신 눈을 감았다.

훅.

내면 깊숙이 가라앉자 하늘에 떠 있는 별들이 보인다. 당장은 사용할 수 없는 권능들.

그러나 내면세계에 있는 것들이 그것들만은 아니다.

[폐하…….]
[만수무강하소서 황제폐하.]
[부디 요번에 꼭 영웅 카드가 나오게 해 주시고…….]

정신을 집중하면 너무나 미세한 울림이 느껴진다. 빛나는 별들이 아닌 어둠 속에 잠겨 있는 목소리들.

'신앙(信仰). 어쩌면 꽤 예전부터 받고 있었을지도 모르겠군.'

내가 광대한 내면세계를 가지고 있을 때는 알지 못했다. 그때의 내면세계는 이런 소소한 울림 따위가 존재감을 내보이기에 너무나 압도적인 공간이었기 때문이다.

그러나 내면세계가 완전히 날아가 버렸으면서도 내면세계를 다루는 '감각'은 그대로 남아 있는 지금.

나는 명확히 그것들을 느낄 수 있다.

'물론 이걸 쓰는 건 힘들지.'

신앙을 받는다고 그걸 쓸 수 있다면 세상에 그걸 다루는 이가 무수히 많이 존재했을 것이다. 아이돌, 배우, 대형 교단의 교주 등 개나 소나 그것을 다룰 수 있었겠지.

 신앙은 그저 신앙일 뿐. 내가 저것을 다루려면 새로운 '감각'과 '신성'이 필요한 것.

 그리고 참으로 공교롭게도.

 내게는 이미 [가공이 끝난] 신앙이 있었다.

 좌르르릉!

 내면세계 속에서 동전이 쏟아지는 이미지가 보인다.

 나는 그 안에 손을 넣어 한 움큼 꺼내 들었다.

 내면세계에서 집도 짓고 가구도 만들던 내게 그건 너무나 간단한 일이다.

[챌린지 토큰×33]

"나를 앞에 두고 눈을 감다니 오만방자하구나!!"

 분노한 목소리와 함께 한샘이 무지막지한 기세로 덤벼든다. 몰아치는 바람을 느끼며 눈을 떴을 때, 이미 강철로 만들어진 거대한 건틀렛이 내 코앞까지 도달해 있었다.

"일단 그 잘난 콧대를 부숴 버리고 이야기를 시작하지……!"

잔혹한 목소리.
그러나 녀석의 주먹이 내게 닿는 일은 없었다.

권능(權能), 거신의 완력.

토큰을 잡아먹은 권능이 발동했기 때문이다. 지금의 내 스텟은 권능을 발휘하기에 턱없이 부족하지만, 신성을 직접적으로 컨트롤 하는 것이라면 이야기는 달라진다.
'방향 잡았어.'
씩 웃는다. 이 세계에서 뭘 해야 할지 알 것 같은 기분이었기 때문이다.
"콧대 부숴 버리기, 그래 나도 그렇게 시작하지."
늘 그랬듯 난 문제가 안 된다.
세상이 걱정될 뿐이지.

* * *

한 달의 시간이 흘렀다.
변방의 징수관, 이한샘을 제압한 나는 태조왕국을 돌아다니며 덤비는 이들과 싸우거나, 거래하거나, 제안을 받았다.
수많은 사람을 만났다. 나를 신하로 받고 싶어 하던 태조왕국의 왕, 제국에서 찾아온 폭풍의 기사, 한 지역을 장악하고 있던 성기사까지.

나는 솔직히 인정할 수밖에 없었다.

'……재밌는데?'

허접들 싸움이 처음에는 좀 답답했는데 지금까지 존재만 막연히 느끼고 있던 신성에 대한 가닥이 잡히고 그걸 [수련]할 수 있는 상황이 되니 보람이 상당하다.

심지어 그 과정이 어려운 것도 아니다.

'할 만해.'

살점이 찢겨 나가는 것도, 피부 위로 이빨이 돋아나오는 것도 아니다.

그저 매일 명상하고 싸우는 것으로 끝.

'한 100년 했으면 좋겠다.'

아직 가닥을 잡는 정도지만…… 그 정도 시간이면 신력을 완전히 깨우칠 것만 같다.

100년 놀았는데 상급 신?

이거 완전 개꿀 아닌가?

"대장."

잡생각에 빠져 있던 내게 누군가 말을 건다. 돌아보니 내 소문을 듣고 찾아와 처절하게 발리고 따라 다니게 된 폭풍의 기사.

"대장은…… 무섭지 않아?"

"무섭다니 뭐가?"
"와, 진심이네. 대장. 진짜 미친놈 같아."
녀석이 기막혀하는 순간.

-와아아아아!!

천둥과 같은 함성과 함께 수천의 병력이 몰려오기 시작했다.
[전쟁여신]을 따르는 신도들 중에서도 흉악하기로 유명한 핏빛 까마귀단.
"쓸데없는 생각 말고 간다!"
나는 전리품으로 얻었던 검 중 하나를 대충 잡아들고 가장 앞에서 돌진했다.
"대장! 대장---!! 아이 미친! 따라간다!!"
"으아아 미친놈아!! 우리 열 명도 안 되는데……!"
"크하하! 돌격! 대장을 따르라!!"
수천의 병력을 앞에 두고, 내 뒤를 따르는 녀석들의 비명, 함성, 찬탄을 들으며 생각한다.
'진짜.'
아무리 생각해도.
'개꿀이다.'

* * *

두 달의 시간이 흘렀다.

하루하루가 밀도 있는 시간이다. 아홉 신의 영향 아래에서 휘둘리는 이 세상은 말세(末世)는 아니어도 난세(亂世) 정도는 되었기 때문이다.

세상천지가 화약고였고 온갖 퀘스트를 부여받은 나는 그 심지에 거침없이 불을 붙였다.

억울하게 박해받는 이들을 구해 내고.

불합리한 전쟁을 홀로 뒤덮는다.

"와. 말도 안 돼, 말도. 한 달 만에 평생 싸운 것보다 더 많이 싸웠다고."

"이 정도는 일상 아닌가?"

"일상은 뭔 일상이야!? 대장 오른팔이 다 박살 났잖아!!"

호들갑 떠는 폭풍의 기사, 블래스터의 말에 나도 모르게 웃는다.

"이거야, 원. 안구를 뚫고 나오는 벌레를 봤으면 기절이라도 했겠네."

"그 묘하게 구체적인 예시는 뭐야!? 너무 끔찍해!"

"오버하기는."

어깨를 으쓱여 준 후 뒤에서 야영을 준비하는 무리를 둘러보았다.

폭풍의 기사 녀석도 그랬지만 하나같이 일반적인 녀석들이 아니다. 일반적인 녀석이라면 홀로 세상을 떠도는 나를 따라오지 않을 테니 당연한 일이다.

학대받던 자.

이용당하던 자.

방황하던 자.

온갖 방식으로 주어지는 '퀘스트'를 수행하다 보니 어느새 나는 한 무리의 장이 되었다.

'어디 가서나 대장질을 하게 되네. 이게 내 천성인가.'

투덜거리며 두 눈을 감는다.

촤르르릉!

동전을 쏟아 낸다. 다행히 챌린지 토큰은 사용한다고 그게 영구적으로 소모되는 일은 없었다. 마치 체력이 그러하듯, 마력이 그러하듯 사용하고 일정 시간이 지나면 다시 회복된다.

영구히 소모되는 건 몽환의 미궁에서 그랬듯 [특성]을 만든다거나 할 때뿐일 것이다.

[챌린지 토큰×66]

적당한 수의 토큰을 골라내고 권능을 가동한다.

불사(不死)의 화신(化身).

뿌득. 뿌드득!
시간이 흐른 만큼 많은 일이 있었다. 그리고 당연하지만, 나는 그 모든 일에서 내 스스로의 단련에 가장 집중해 왔다.
'점점 익숙해지네.'
나는 내가 지니고 있던 모든 권능을 재현하는 데 성공했고 그중 일부는 응용까지 하고 있다.
예를 들어.
뿌드득!!
"으아아악!! 대장! 너무, 너무 아파요!!"
"엄살 떨지 마. 좀 욱신거리는 정도지."
"아니, 이게 어떻게 엄. 히이익! 아파! 아파아---!!"
원래대로라면 그저 내 생체 회복력에 관여할 뿐인 불사의 화신으로 남의 부상을 회복시킬 수 있다. 심지어 이 재생의 동력은 대상의 영양분이나 세포 분열이 아닌 챌린지 토큰이기에 치유 대상에게 부하도 없다.
단점이 있다면 통증이 좀 있다는 정도.

[특성이 활성화 됩니다!]
-치유의 성자(12급.)
-전장의 명의(7급.)

'등급이 오르니 회복이 좀 더 빨라지는군. 징징대는 거 듣기 싫은데 마취 같은 건 안 되나.'

퀘스트를 수행해 얻고 또 성장시킨 특성도 꽤 쏠쏠하다. [계약]과 달리 별다른 연결 없이 주어지는 힘이라 더욱 그렇다.

"좋군."

"으으…… 안 좋거든요? 아니 살짝 금 간 것도 이렇게 아픈데 박살 난 걸 어떻게 표정 하나 안 바꾸고 버티는 건지."

징징대는 소리를 무시하고 생각한다.

성장은 순조롭다. 예상외로 평균 레벨이 낮은 곳이어서 오히려 수월하기까지 한 상황.

그러나 끊임없이 성장 중인 게임 라이프와 달리.

현실 상황은 좋지 않다.

-요새 리벤지에 접속해 뉴스를 보는데 슬슬 네 이야기가 나오고 있어. 전에 네가 없을 때 워낙 난리였으니…… 금낭 씨도 정신을 잃었다는 소식도 퍼지고 있는 모양이고.

어느 정도 정리가 되었던 몽환의 미궁이 다시 밀리기 시작했다. 그나마 신급 던전은 용신 칸과 황제 클래스의 강자들이 처리하고 있지만…… 문제는 황제급 던전.

'많이 풀렸어요?'

—아직은 적은 숫자라고 해. 하지만.

'시간이 지나면 점점 많아질 테지요.'

 황제 클래스의 강자들은 무한에 가까운 힘과 권능에 가까운 이능을 완성한 이들이지만…… 아무리 그래도 동급의 몬스터를 상대하는 건 결코 쉬운 일이 아니다.

 한두 번이야 쉽게, 혹은 어렵게 승리하더라도 연전(連戰)이 반복되면 그 소모를 감당할 수 없는 것이다.

'반복 노가다가 안 된다는 것이지.'

 결국 쉬는 시간이 필요한데 던전의 리젠 속도가 그들의 회복 속도보다 더 빠르다.

 연전을 반복하다 지쳐서, 혹은 실수로 큰 부상이라도 입는다면 연전은 더더욱 불가능해진다.

'칸이 걱정이군.'

 내 여자인 칸과 내 자식인 스텔라의 융합체인 용신은 나보다 높은 격을 가진 존재지만…… 사실 신이라고 부르기에 너무나 불안정한 존재다.

 그녀의 마력과 권능은 실로 신과 같지만 그 모든 것의 지속력이 떨어지기 때문.

솔직히 일대일로 싸우면 내가 그냥 이긴다.

다크스타를 상대할 때처럼 버티기로 나가면 그녀는 힘을 다해 원래의 상태로 돌아오고 말 것이다.

'나야 여기 있는 게 좋지만…… 100년은커녕 몇 년도 있으면 위험하다.'

결국 나가야 하는 상황.

문제는 그 방법을 모르겠다는 것이다.

'아홉 신을 죽이는 것?'

장담할 수 없는 일이다. 아홉 신이 이 세계의 정점에 위치한 존재인 건 맞지만 이 세계에서 아홉 신은 타도의 대상이라기보다 세계관의 일부처럼 존재하고 있기 때문이다.

'퀘스트를 다 클리어하는 것?'

그 역시 알 수 없는 일이다. 특정 트리거를 자극받으면 활성화되는 이 퀘스트에는 중대한 문제가 있기 때문이다.

'퀘스트 창.'

가볍게 집중하자 눈앞에 텍스트 목록이 떠오른다.

[하늘 아래. 그리고 땅의 아래.]
-왕의 유산 외 21개.
[떠나간 새.]

-바람의 군단 외 11개.

[그림자에 비친 눈물.]

-날뛰는 도적들 외 28개.

[잠든 세계수.]

-사라진 아이들 외 11개.

[심해의 종족.]

-의문의 소문 외 2개.

[선택받지 못한 자.]

-외톨이 외 1개.

"아 다시 봐도 기가 차네."

이게 다 퀘스트다. 지금까지 클리어 한 퀘스트가 30개는 넘는 것 같은데 퀘스트창이 비기는커녕 오히려 점점 증식되기만 한다.

'일단 알았어요. 저는 잘 있고 나갈 방법을 찾고 있다고 전해 주세요.'

-그래. 조심하고.

그 말을 끝으로 어머니의 목소리가 멀어진다. 그러나 그걸로 내면세계가 텅 비게 된 것은 아니다.

-황제. 이기어검을 재현할 수는 없나요? 이기어검도 굳이 말하자면 권능이라고 할 수 있는데.

클라우 솔라스, 그러니까 솔라의 말에 내심 동의한다.

'권능기도 권능이라고 할 수 있으니 맞는 말이긴 한데…… 기예의 발전형이라 그런지 아직은 어렵네. 계속 시도해 보지.'

-황제. 황제. 황제! 나, 나 심심해. 심심해. 날고 싶어.

솔라에 이어 에레보스도 말을 건다. 목소리에 정신을 집중하자 내면세계 속에서 어둠 속에 녹아들 듯 처연한 분위기의 미남이 모습을 드러낸다.

'……아니, 그런데 너는 왜 남자야? 여자여야 하는 거 아닌가?'

당연하다면 당연한 일이다. 히페리온의 원형. 닉스의 자아가 소녀의 그것이었으니 그것의 미래라고 할 수 있는 에레보스 또한 여자여야 정상인 것.

내 물음에 에레보스가 빙구 같은 미소를 지으며 솔라를 돌아본다.

-헤헤.

솔라가 대번에 얼굴을 일그러트린다.

-아, 진짜 싫다.

-아, 우응……

바로 울상을 짓는 미남의 모습에 헛웃음 짓는다.

'그래, 뭐 대충 알겠다.'

거기까지 하고 현실로 의식을 부상시켰다.

다가오는 기척이 있었기 때문이다.

"대장. 상담할 게 있는데……."
다가온 이는 폭풍의 기사라 불리던 블래스터.
그리고 그때였다.

[떠도는 황녀.]
 제국을 떠나 대륙을 활보하던 폭풍의 기사. 블래스터에게는 비밀이 있습니다.
 그녀의 정체는 로어 제국의 황제와 전쟁의 성녀 사이에서 태어난 사생아입니다. 부정(不正)한, 그러나 성스러운 혈통의 그녀는 허황되기까지 한 하나의 목표를 가지고 있습니다.
 그녀를 도와 그 목표를 달성할 수 있습니다.
 (7급 뛰어난 책사 특성 추가.)
 그 목표를 고발할 수도 있습니다.
 (상당량의 재물 획득.)

"퀘스트 진짜 끝도 없네."
"뭐라구 대장?"
"아니. 뭐 그래 말해 봐."
피식 웃으며 녀석에게 자리를 권한다.
다시 플레이를 이어 나갈 시간이었다.

* * *

재연과 금낭이 혼수상태가 된 지 3개월.

대천사와 마왕을 비롯한 황제 클래스들이 언터쳐블급 던전에서 하나둘 권능을 획득하기 시작했다.

권능은 신의 힘.

당연히 그들의 전력이 급상승했지만…… 그럼에도 던전은 밀리기 시작한다.

한편, 재연은 권능(權能), 거신의 완력을 응용했다. 일종의 염동력처럼 작동하는 근력을 마치 진기처럼 내부에 돌려 일종의 근력장(筋力場)을 만들어 낸 것이다.

4개월.

풀려난 황제 클래스의 몬스터들이 대우주에서 난장을 치기 시작했다. 물론 그들에게 충분히 시달린 대우주의 세력들은 온갖 수단을 강구한 상태였지만…… 수단을 강구한다고 쉽게 상대할 수 있으면 중급 초월자가 황제 클래스라 불릴 일도 없었을 것이다.

재연은 근력장을 이용해 검기의 구현에 성공했다.

5개월.

3문명에 들어선 다수의 세력이 힘을 합쳐 만든 거대 세력. [자유 연맹]이 몬스터들의 공격을 버티지 못하고 파괴되었다. 수백 수천의 초월자가 사망했고 수백 개의 행성과 거기에 살던 모든 지성체가 몰살당하고 말았다.

그들의 모든 세력이 멸망한 것은 아니지만…… 생존자들은 각자의 우주선에 몸을 싣고 우주를 떠돌아야만 했다.

그리고 재연은.

찰나결(刹那訣) 제 1식.
일검세(一劍勢).

벼락같이 휘둘러진 검격에 몰려들던 대군의 중앙에 선이 그어진다.

워낙 예리한 선이라 사망자는 극소수였지만, 문제는 그건 시작점에 불과하다는 점이다.

푸--확!

하늘 끝까지 선이 그어진다.

"아, 아니, 아니 이게 무슨……."

"말도 안 돼……."

수만의 대군이 진군을 멈춘다. 모두가 멍한 눈으로 하늘을 올려다보았다.

하늘에 구멍이 뚫리기라도 한 것처럼 쏟아지던 소나기가 단번에 그치고 햇빛이 쏟아진다.

태양을 가로막던 먹구름은 쫙 갈라져 양옆으로 널리 벌어졌고 그건 저 멀리 보이는 지평선까지 이어져 있다.

"와."

"맙소사, 대장……."

심지어 아군조차 자신을 질린 표정으로 보거나 말거나 재연은 씩 웃으며 검을 거두었다.

"아, 여전히 존나 약하네."

불만을 말하지만 그의 마음에는 만족감이 피어오른다.

"그래도 이 정도면 초월자는 되겠네."

그 누구도 감히 움직이지 못 한다.

재연은.

한재연은.

잘 지내고 있다.

* * *

내가 깨어난 [울림] 대륙의 전쟁과 혼란은 원래대로라면 절대 막을 수 없는 종류의 것이었다.

1, 2차 세계대전과 같다.

어떤 한 가지가 원인이 아니라는 점이다. 사라예보의

총성이 없었어도, 히틀러가 없었어도 전쟁이 났을 거라는 예상처럼 이 대륙에도 온갖 정치적, 사회적 문제가 얽혀 있어 전쟁을 피할 길이 없었다.

'하지만 초월자가 등장한다면 어떨까?'

이렇게 되면 이야기가 전혀 달라진다.

검 한 자루로 산을 뎅겅뎅겅 자르고 아무 나라나 쳐들어가 왕족을 모조리 쳐 죽일 수 있는 존재가 전쟁을 막으려 든다면 사람들도 알게 될 수밖에 없다.

도저히 피할 길이 없어 보이던 전쟁도.

분명히 피할 길이 있다는 것을.

'어려울 것도 없는 일이지.'

심지어 나는 이런 큰 힘을 '정치적'으로 다루는 데 이골이 난 존재다.

인간과 이종족 간의 갈등, 전직 귀족과 평민, 천민 간의 갈등, 심지어 사람 말을 할 줄 아는 몬스터들과의 갈등까지.

이 모든 [폭탄]을 품고 있던 인류제국조차 오직 힘 하나로 모두 박살 내 버린 게 바로 나다.

돈 치트, 무력 치트. 내정 치트 전부를 친 상태나 다름없던 아르데니아 때와 비교하면 무력 치트 하나만 친 지금이 훨씬 복잡하고 어렵지만…… 이세계 생활 원투데이도 아니고 경험치가 쌓인 지금이라면 못할 것도 없었다.

고오오----

울림 대륙 최강의 세력이라 할 수 있는 [밀리언] 제국의 황궁 제일 높은 곳에서 도시를 내려다보며 권능을 제어한다.

"하."

결국 한숨이 나온다.

"다 잘되고 있는데……."

6개월, 그러니까 반년이라는 시간이 지났다.

수많은 일이 있었다. 마나라는 것 자체가 존재하지 않는 세상에서 내가 품고 있던 권능에 숙련되고 거신의 완력을 구현한 근력장을 체내로 돌려 만든…… 말하자면 체내 근력장을 응용한 무학을 완성하는 데 성공해 초월자에 해당하는 힘을 얻게 되는 과정.

나는 그렇게 완성한 힘으로 온갖 퀘스트와 사건 사고들을 처리했고 그 결과 대륙에 벌어져야 했던 전쟁을 억누르고 대륙 전체를 호령하는 입지를 가지게 되었다.

많은 것을 얻었고 심지어 재미있기까지 했던 시간.

그러나 내가 그렇게 재미를 보는 동안…… 세상은 엉망이 되었다.

"이거 괜찮은 건가?"

어머니를 통해 전달되는 현실의 이야기는 온통 부정적인 소식뿐이다. 고작 반년이 지났을 뿐인데 대우주에서는 몬스터의 공격으로 무지막지한 피해가 발생하고 있고 많은 세력, 단체가 멸망하거나 새로 생겨나고 있다.

'전투 지속력이 문제야. 보통 황제 클래스는 나나 금낭처럼 전력으로 계속 싸울 수가 없으니……'

그나마 [리젠]되는 것으로 상태를 회복할 수 있는 랜슬롯은 괜찮은 편이지만…… 녀석이라고 정신력이 무한인 건 아니어서 싸우면 싸울수록 전력이 급감한다고 한다.

"여기 생활도 나쁘지 않지만 나가서 미궁이나 깨고 싶은데."

신급 던전을 깨고 싶다. 용신 상태인 칸 옆에서 보조하는 것만으로 조각을 모아 권능을 얻을 수 있을 것이다.

챌린지 토큰을 모아 두고 싶다. 신들이 힘들게 모아서 가공까지 한 신앙, 혹은 업을 칼질 몇 번으로 강탈해 내 권능을 강화하고 싶다.

권능들을 제어하고, 변형하고, 응용하는 데 소모되는 챌린지 토큰이 만만치 않다. 아직까지는 쌓아 둔 게 많긴 하지만…… 아무리 생각해도 이걸로 황제 클래스까지 가는 건 말이 안 된다.

'초월경 수준이 끝일 수도 있단 말인데 이걸로 신에게 도전하긴 좀.'

다시 한숨이 나온다.

결국 결론은 하나다.

"클리어는 대체 어떻게 하는 건데……."

이 정도의 난장을 피웠음에도 클리어의 단서가 보이지 않는다. 솔직히 신전과 충돌할 즈음에 아홉 신이 직접, 아니더라도 천사 같은 거라도 적으로 등장해 생존 게임을 벌이게 될지 모른다 생각했는데 그런 게 전혀 없다.

내가 정복하다시피 한 울림 같은 대륙이 1만 개나 되니 고작 대륙 하나 정복한 거로는 어림도 없다는 뜻일 수도 있고 이런 식으로 난장을 피우는 건 아무 상관없다는 뜻일 수도 있다.

"아니면 퀘스트를 다 깨면 되는 건가."

퀘스트는 특정 조건을 완수하거나 상황을 마주하면 자동으로 주어지며 그것에 성공하거나 실패하면 보상이나 페널티가 주어진다.

그러나 안타깝게도, 이 퀘스트를 전부 해결하는 건 불가능하다.

퀘스트가 어려워서는 아니고…… 예를 들면 이런 식이다.

[전설의 누룽지탕.]
이제는 거상으로 불리는 김현재는 어릴 적 어머니께서 해 주셨던 누룽지탕을 평생 그리워하며 살아왔다.

그를 찾아가 과거의 이야기를 듣는다면, 어쩌면 그 누

룽지탕의 재료와 원산지를 알 수 있을지도 모른다.

 보상 : 누룽지탕 레시피. 특성 경험치 12포인트.

"진짜 말 같지도 않은 소릴……."

 이딴 퀘스트가 벌써 70개도 넘게 쌓였다! 아니 저놈이 어릴 적 먹던 음식의 레시피를 찾는 게 나랑 대체 무슨 상관이란 말인가? 심지어 이 퀘스트라는 것들은 '내가 직접' 처리하지 않으면 완료되지 않는다. 부하를 보내 해결할 수 없는 종류라는 말이다.

"진짜 이 무의미한 노가다를 해야 하나? 특성이 좋은 힘이긴 해도 내 진짜 힘이라 부를 정도는 아닌데."

 답답함에 도시를 내려다보며 혼잣말을 하고 있을 때 눈앞으로 텍스트가 떠오른다.

[들판에 핀 꽃]이 완료되었습니다!
 보상 : 특성 경험치 50포인트.

"저거 끝낸 지가 언젠데 이제 완료되나."

 한숨 쉬며 황도를 내려다보자 황도의 외벽을 따라 순찰하던 병사들이 수군거리는 소리가 들린다.

 인간의 감각으로는 닿을 수 없는 범위지만 권능으로 무학을 재현하고 있는 내게는 바로 옆에서 듣는 것처럼 선명하다.

"프러포즈 준비는 어때?"

"다 들켰어. 소란이가 나한테 쓸데없는 생각 말고 황소 한 마리를 준비하라고 하더라고."

"허, 황소? 참 몸값 대단한 처자일세."

"으으. 황실 소속 병사라고 해도 모아 놓은 돈은 별로 없는데……."

성벽 밖을 살피며 수군거리는 이들은 누가 봐도 멀쩡한 사람이다. 아르데니아의 사람들이 그러하듯 NPC라고는 도저히 생각할 수 없는 각자의 인생과 운명을 가진 존재들.

"……수련이나 하자."

고개를 흔들어 잡념을 떨치곤 다시 가부좌를 취한다.

그때였다.

둥!

"……?"

느닷없는 북소리에 자리에서 일어난다. 공격의 징조는 아니다. 세상 전체를 울리는 북소리는 공기를 울려 전달된 소리가 아니었기 때문이다.

그저 내 머릿속에 울린, 더없이 게임적인 사운드.

[충분한 모험 경험치가 충족되었습니다!]
[대륙. '울림'의 월드 레벨이 1->2로 상승합니다!]

"월드 레벨?"
의아해하는 순간.
세상이 변했다.
쿠구구----!
중세랜드에 걸맞은 수준에 불과했던 황성의 성벽이 두꺼워지고 또 높아진다. 성벽 위를 순찰하던 병사들의 장비가 기다란 창에서 장총(長銃)으로 변했다.
'장비 자체가 변해?'
그뿐이 아니다.
전원 [계약자]이긴 하지만 그 수준이 고만고만하던 병사들의 기세가 삼엄해지고 기껏해야 만 명밖에 안 살던 황도가 삽시간에 규모를 키워 십만 이상의 인구를 품을 만한 대도시가 되어 버렸다.
저 멀리 산맥을 통해 까만 연기를 뿜으며 달려오는 기차의 모습이 보인다.
그야말로 격변(激變)!
그 자체만으로도 놀라운 일이지만…… 더 놀라운 건 황도의 누구도 그 변화를 인지하지 못한다는 점이다.
실제로 성벽 위의 병사들이 태연한 태도로 대화를 나누

고 있다.

"뭐 그래도 반년쯤 모으면 트럭 정도는 살 수 있지 않나?"

"그래도 그렇지, 프러포즈 대신 트럭을 사 달라니……."

좀 전과 이어지는, 그러나 묘하게 달라진 대화에 나도 모르게 표정을 굳힌다.

'아무도 인식하지 못하는 새 자연스럽게 세상이 변했어?'

황소가 트럭으로 변했다. 이는 이 세상에 시간선에 변화가 생긴 게 아니라 모든 이벤트와 상황을 그대로 두고 시대만 앞으로 밀었다는 뜻.

나는 퀘스트창을 확인했다.

[전설의 누룽지탕.]

칠성 기업의 대표. 김현재는 어릴 적 어머니께서 해 주셨던 누룽지탕을 평생 그리워하며 살아왔다.

그를 찾아가 과거의 이야기를 듣는다면, 어쩌면 그 누룽지탕의 재료와 원산지를 알 수 있을지도 모른다.

보상 : 누룽지탕 레시피. 특성 경험치 12포인트.

"기가 막히는군."

모든 게 그대로인데 [거상]이 [대표]가 되어 있다. 즉,

퀘스트들 또한 바뀐 세상에 맞춰 변화되었다는 뜻으로, 그렇게 된 건 이 퀘스트 하나만이 아닐 것이다.

[월드 레벨이 상승하였습니다!]
[최초 레벨 업! 원탁으로 이동됩니다!]
[원탁을 개방한 모든 플레이어가 호출됩니다!]

순간 뭔가 내 몸을 끌어당기는 게 느껴진다. 단순한 힘으로는 절대 버틸 수 없는 인력.
'권능무력체로는 버틸 수 있겠지만.'
그러나 나는 그러는 대신 그 인력에 순응했다.
팟!
정신을 차렸을 때 나는 우주 공간에 떠 있는 커다란 건축물 위에 서 있었다.
주변을 둘러보니 까마득히 멀리 자리한 네 개의 행성이 보인다.
"오! 이거 신입이 왔군?"
느닷없는 목소리에 고개를 돌려보자 커다란 덩치의 사내가 보인다. 나와 비슷한 신장을 가지고 있지만 훨씬 넓은 어깨와 두꺼운 옆통을 가진, 무슨 인간과 거인의 혼혈같이 생긴 녀석이다.
"너는 뭐지."

"너랑 똑같이 난데없는 세상에 끌려 와 고생하는 입장이지. 참고로 내가 1등. 여기 온 건 네가 4등이다."

"……4등이라."

어이가 없는 일이다. 고작 6개월 만에 초월자에 준하는 힘을 얻어 대륙을 제패한 내가 4등에 불과하다니?

황당해하는 내게 녀석이 말한다.

"하하하! 다들 그렇겠지만 자신감이 아주 대단하네. 하지만 NPC들만 보고 착각하면 곤란해. 뭇전에서 학살하고 다녔다고 그게 정말 대단한 실력인 건 아니거든."

화통하게 웃으며 내게 다가와 손을 내민다. 내가 손을 내밀어 잡자 녀석이 손을 흔들며 말했다.

"만나서 반갑다. 스타니슬라프라고 한다."

"한재연."

마주 인사를 밝히는 순간, 녀석이 내 손을 잡은 손에 힘을 주었다.

꽈악!

아주 유치한 수작이다. 지금까지 수십 번도 넘게 경험해 녀석이 손을 내미는 그 순간부터 짐작했을 정도.

그러나.

'……뭐?'

나도 모르게 근력장을 전개한다. 온몸에 권능의 힘이 휘돌고 이내 손에 집중된다.

근력(筋力).

녀석의 손으로부터 어마어마한 힘이 전해진다. 잡아 쥐는 것만으로 우주선의 외부 장갑을 뜯는 게 가능한, 지지대만 확실하다면 산조차 잡아 뽑아내는 문자 그대로 역발산기개세(力拔山氣蓋世)!

"……이거 봐라."

실실 웃던 스타니슬라프의 얼굴이 진지해진다. 나 역시 별다른 표정 없이 손에 힘을 집중했다.

끼기기긱----!

마주 잡은 두 손을 중심으로 공간이 울리기 시작한다. 일견 대등해 보이는 상황이었지만…… 나는 내가 불리하다는 걸 알았다.

'이 자식, 순수한 힘이잖아?'

반면 나는 권능의 활용이었기에 힘의 유지에 한계가 있다. 십 수 초 정도는 더 버틸 수 있겠지만…… 챌린지 코인을 권능으로 치환해야 하는 순간이 반드시 온다.

'공격해야 하나?'

그러나 그렇게 생각하는 순간 스타니슬라프가 손을 뗀다.

"하하하하! 신입 대단한데~! 나한테 힘으로 버티는 녀석은 잘 없었는데!"

"나도 놀랐다. 엄청난 힘이군."

"힘은 최고거든! 완력이 세면 머리가 항상 편한 법이지!"
녀석이 껄껄 웃는데 뒤쪽 공간이 일렁인다.
팟!
한 청년이 공간을 넘어 원탁에 모습을 드러낸다. 그의 표정에 짜증이 가득하다.
그런데 놀랍게도 내가 아는 얼굴이다.
"아니 신입 올 때마다 와야 해? 귀찮게 이게 무…… 음?"
"……넌."
잊기가 어려운 녀석이다. 나와 큰 인연을 쌓은 적은 없지만…… 녀석이 [플레이]하는 모습을 수십 년 단위로 봤으니 너무나 당연한 일이다.
'이름이…… 기억났다. 허인영이었지.'
과거 [가장 어두운 절망]의 세계에 끌려갔을 때 만났던. 리타이어한 플레이어가 거기에 있었다.
"뭐야, 아는 사이냐?"
스타니슬라프의 말에 인영이 고개조차 돌리지 않고 말한다.
"슬라프. 우리 대결은 나중으로 하고……. 이 녀석 먼저 제끼자."
"하? 헛소리하지 마. 너는 뭐 저 녀석이랑 다른 것 같아? 나한테는."
"이 녀석은 달라!"

나를 노려보며 인영이 인상을 찡그렸다.

"이 녀석은 아직 살아 있어! 생존자라고!"

그의 말에 스타니슬라프의 눈이 동그래진다.

"오, 그래? 어떤 게임이든 난이도는 지랄맞은 건 같은데…… 신기하네."

"아니, 그게 끝이야? 저 녀석 안 죽었다니까?"

호들갑을 떠는 인영의 모습에 스타니슬라프가 얼굴을 찡그렸다.

"아니, 그래서 뭐 어쩌라고?"

그가 그렇게 나오자 인영이 기겁한다.

"엑? 아니, 하지만 다들 죽는데 살아 있었다는 건 특별함이 있다는 말이잖아. 실제로 저 녀석은…… 미친놈이야. 공포와 절망을 즐기는 또라이라고!"

"그게 왜 또라이야? 공포와 절망을 즐기면 그건 그저 용감한 거 아닌가?"

"그, 그렇게 생각할 수도 있겠지만 달라! 저 녀석은……."

뭔가 억울하지만 명확히 상황을 설명할 단어를 찾지 못해 버벅이는 인영의 모습에 스타니슬라프가 코웃음친다.

"어차피 여기서는 다 제로베이스에서 시작하는데 오버하지 마. 그리고 클리어라면 나도 거의 다 했었다. 그저……."

"그저?"

갑자기 말을 줄이는 슬타니슬라프의 모습에 의문을 표

하자 녀석이 쓴웃음을 흘린다.

"그 계집들이 너무 섹시했다고. 하. 돌아가고 싶다. 여기 계집들은 별로 안 예쁜 주제에 말도 많고 귀찮아서."

"……."

딱 한 줄의 말이었음에도 나는 대번에 녀석이 어느 게임 출신인지 알 수 있었다.

"엘더 오리진?"

"……오? 그걸 네가 어떻게 알지?"

눈을 동그랗게 뜨는 스타니슬라프의 의문에 대답해 준다. 딱히 비밀이랄 것도 없다.

"나도 엘더 오리진을 클리어 했거든."

"뭐라고?"

황당해하는 그에게 인영이 말했다.

"저 녀석은 가장 어두운 절망도 클리어 했어."

"아, 그 암울한 게임이야 그렇다고 쳐도…… 아니, 엘더 오리진을 어떻게 클리어 할 수 있지? 그거 후반으로 가면 갈수록 안드로이드들이 통제가 안 되잖아? 원래 게임에도 없던 버그성 문제점인데."

'버그성이 아니라 원래 게임에서는 주인공이 상상을 초월하는 절륜함으로 안드로이드들을 만족시켰겠지.'

속으로 그렇게 생각했지만 굳이 그 사실을 말해 주지는 않았다. 남자의 자존심을 박살 내는 이야기이기 때문!

사실 녀석을 무시하기도 뭐한 것이 야한 만화, 영화, 포르노 작품의 주인공이 가지는 절륜함은 비상식적이니 그걸 기준으로 하는 것도 잔인한 일이 아닌가?

 대신 나는 다른 공략법을 알려 주었다.

"섹스를 안 하면 돼."

"……뭐라고?"

"애초에 남자 없이도 긴 세월 살아왔다는 설정인데 꼭 섹스를 해야 하는 건 아니지. 아무도 건드리지 않은 채 그저 리더로서 그들을 지휘하고 전투를 이어 나가면 된다."

"……!!"

 스타니슬라프의 얼굴이 경악으로 일그러진다. 그가 믿을 수 없다는 표정으로 나를 바라본다.

"아, 안 했다고? 녀석들이 그렇게 꼬시는데도?"

"그래."

"너, 설마 고자냐?"

 기막히다는 반응에 어깨를 으쓱인다.

"여자가 안 고픈 것뿐이야. 어차피 클리어 한 이후에는 마음대로 할 수 있기도 하고."

"이, 이 미친놈……."

 경악하는 그에게 인영이 묻는다.

"섹스 안 하는 게 왜 미친놈이야? 섹스는 원래 할 일이 잘 없잖아."

"닥쳐! 애송이 동정!"

"도, 동정이라니…… 네가 뭘 안다고……."

인영과 잠시 티격태격하던 스타니슬라프는 잠시 후 이성을 되찾고는 물었다.

"하지만 너는 엘더 오리진 출신이 아닐 거 아냐? 어떻게 그걸 하게 된 거지?"

"나뿐 아니라 많이들 하게 되었고, 또 죽기도 했지. 엘더 오리진도 현실을 습격했으니까."

내 말에 스타니슬라프의 표정이 변한다.

"현실을 습격한다고?"

"그건 또 무슨 말이야?"

두 플레이어가 의아해하고 있을 때 원탁 한쪽 공간이 일렁인다.

팟!

"아, 다시 왔군요. 원할 때 오는 게 아니라 용건이 생길 때에만 오는 형식인가."

검은 뿔테에 양복을 입은 흑인이 모습을 드러낸다. 현대의 직장인 같은 모습이지만…… 녀석에서 전해지는 기운은 녀석이 결코 가볍지 않은 상대라는 것을 뜻했다.

그뿐이 아니다.

[새로운 모험가 등장! 원탁에 진입합니다!]

[원탁을 개방한 모든 플레이어가 호출됩니다!]

"나님 등장! 와! 퀘스트 엄청 빡세게 밀었는데 사람이 네 명이나 있네. 너네 게임 엄청 많이 했나 보구나?"

호리호리한 체구의 미소녀가 반짝이는 눈으로 주변을 두리번거린다. 지금 상황이 꽤 재미난 모양이다.

'다들 개성이 확실하시군.'

그렇게 생각하며 잠시 더 기다렸지만 오늘은 여기까지인 것인지 더 이상 나타나는 플레이어가 없는 상황.

나는 생각했다.

'금낭은 어떻게 된 거지?'

마나라는 것 자체가 존재하지 않는 [세계관] 때문에 기존의 수련이 무용지물이지만…… 그렇다 해도 우리의 기억과 경지가 어디에 가는 건 아니다.

특히나 챔피언 로딩으로 영능을 익혀 초월급 탐험가들에게 대스승이라 존경받던 금낭이라면 내가 그랬듯 다른 방법을 찾을 테고.

'그리고 멀린.'

어느 순간 모습을 보이지 않고 다크 스타가 등장한 시점에서 죽음이 확실시 된 그지만…… 옛날 옛적에 죽은 플레이어들까지 여기에 존재하는 이상 그 역시 이 세계에 존재한다고 봐야 한다. 대우주 학술기관 우로보로스에 최연소 교수로 임명된 천재 마법사라면 온갖 기상천외한 방법을 찾을 수 있을 테니 조만간 그 역시도 이 원탁으로 찾아오게 되겠지.

"와, 생존자? 진짜?"

"……놀랍군요."

새롭게 모습을 드러낸 소녀와 양복 사내 역시 인상에게 이야기를 들은 듯 나를 돌아본다.

그러나 그들 역시 인영의 바람과 달리 내게 경각심을 보이는 느낌은 아니다.

"대단하다. 게임이 초반에는 재밌다가 후반으로 갈수록 노답이던데. 사방에서 사건이 펑펑 터지는 데다 몬스터들이 연합도 해서……."

호들갑 떠는 그녀의 모습에 나는 내 입장을 재조정했다.

분위기상 녀석들이 [적]일 거라고 생각했는데 아무래도 그게 확정인 분위기는 아니었기 때문이다.

"어떤 게임이었습니까?"

"흐음. 그건 비밀~ 우리 사이가 어떻게 될지 모르는 상황에서 너무 많은 정보를 알려 주고 싶지 않은 걸~."

장난스러운 태도로 눈을 깜빡이는 소녀와 달리 양복의 흑인은 안경테를 고쳐 쓰며 말했다.

"저는 말릭이라고 하고 우주 괴수라는 공포 게임을 했

습니다."

"아, 공포 게임."

나도 모르게 흑인 남자를 다시 바라보았다. 극도로 차분한 태도지만…… 평범한 삶을 살다 공포 게임으로 끌려갔으니 보통 고생이 아니었을 것이다.

심지어 최종적으로 죽기까지 했으니.

"저는 리벤지라는 게임이었습니다. 대규모 전쟁 게임이죠."

"전쟁 게임이라……."

녀석이 생각에 잠기자 스타니슬라프가 캐묻는다.

"아니, 그보다 현실을 습격한다는 게 무슨 말이냐? 현실에서 무슨 일이 벌어지고 있는 거냐?"

"현실을 습격해?"

"그게 무슨 말이지."

의아해하는 녀석들의 모습에 깨닫는다.

'현실 상황을 전혀 모르는 건가?'

하긴 생각해 보면 당연한 일이다. 그들이 게임 속에서 얼마큼의 시간을 보냈든 죽은 이후에 어떤 일을 겪었든 그건 다른 세상의 일일 뿐이니까.

"그러니까 무슨 일이 있었냐면……."

나는 천천히 상황을 설명했다. 현실에서 등장하기 시작한 몬스터. 고위 문명들조차 멸망하거나 산산이 흩어질 정도로 위기에 빠진 대우주. 신들에 의해 만들어진 몽환의 미궁 등등.

"……놀랍군. 하긴 몬스터들이 무한정 쏟아진다면 현실에 무슨 일이 일어나도 이상할 게 없지."

"재미있네. 하지만 이미 죽은 우리랑은 상관없는 이야기인걸."

흥미로워하지만 그다지 관심을 보이지 않는 말릭이나 소녀와 달리 인영은 크게 흔들리는 모습이다.

"잠깐! 그, 그럼 내 고향은 어떻게 되었는지 알아? 우리 행성도 지구라 불렸어!"

"대우주에 지구가 100개나 되어서 정확히 알 수는 없네."

"……그럼 멸망했을 수도 있다는 말이야?"

"그럴 가능성이 높겠지."

"그건."

녀석의 표정이 가라앉을 때 원탁 위로 글자가 떠오른다.

[규칙이 추가 공개됩니다.]

1. 월드 레벨을 3까지 올리게 될 시 외부 진출이 가능해진다.

2. 클리어한 대륙의 경우 아홉 신의 [신앙]이 포인트로 제공되며 이는 플레이어의 자원으로 활용된다.

3. 다른 플레이어를 죽이거나 휘하로 둘 수 있다. 이 경우 사용 포인트를 모두 접수할 수 있으며 특수 커맨드가 개방된다.(New!)

새롭게 떠오른 텍스트에 소곤거리던 플레이어들의 표정이 변한다.

"아 이런. 플레이어라는 말에 혹시나 했는데 역시나인가."

"혹시나 했는데 역시나 적으로 만나야 하는 모양이네."

"와. 전략 게임처럼 되는 건가? 신기하다."

당연한 말이지만 크게 놀라는 이는 없다.

'당연한 일이지.'

행성 하나에 1만 개나 되는 대륙. 그리고 그 안에 다수 존재하는 플레이어. 그리고 정기적으로 모이게 되는 원탁.

게임을 전혀 모르는 이라 하더라도 이 [구도]에서 느끼는 바가 전혀 없다면 그건 지능이 부족한 것이리라.

"하지만 의외네. 모험 중심의 게임인 줄 알았는데……."

"아, 이럴 거면 전략 시뮬레이션 신하고 계약할걸. 전쟁하는 분위기 아냐?"

투덜거리는 녀석들의 말에 깨닫는다.

'이 녀석들은 계약했군.'

생각해 보면 당연한 일이다. 나야 현실에서 영능을 황제 클래스까지 연마했고 나 나름대로 권능도 가지고 있는 상태이기에 피했을 뿐 순수한 [플레이어]의 입장이라면 게임 시스템을 이용 안 할 이유가 없기 때문이다.

어쩌면 게임적으로 그들보다 내가 더 뒤처진 상태일지도 모른다. 실제로 힘 자랑하던 스타니슬라프도 초월자에 버금가는 힘을 가진 내가 깜짝 놀랄 정도의 힘을 가지고 있었을 정도니까.

"아, 시간 다 되어 가는군. 그런 의미에서 다들 어떤 대륙에 있는지 알 수 있을까?"

"헤에. 오빠, 너무 날로 먹으려고 하신다. 그걸 말해 줄 리가 없잖아요?"

"나는 '천지성'의 '시리우스' 대륙에 자리 잡았다."

"……."

느닷없는 정보 공개에 모두의 시선이 스타니슬라프에게 향한다. 왜냐하면 그게 아주 위험한 일이라는 걸 알기 때문이다.

행성에 1만 개나 되는 대륙이 존재한다지만…… 그들 간의 소통이 없는 건 아니다. 실제로 대륙과 대륙의 교역이 상당수 존재하고 아홉 신의 신전들을 통해 정보가 자유롭게 오가는 상황.

자신이 자리 잡은 대륙을 밝히면 사보타주의 대상이 되거나, 심지어 침략 전쟁을 당할 수도 있다.

"흥! 다들 쫄아 있군. 미안하지만 너희들과 다르게 내 대륙은 월드 레벨이 3이 되기 직전이야. 쓸데없이 간 보는 대신…… 그냥 내 아래로 들어와라. 다행히 무조건 죽여야 하는 게 아니라니 좋게 대해 주지. 특히 너."

스타니슬라프가 아직 이름조차 밝히지 않은 미소녀를 바라보았다.

"꽤 귀여운데. 항복하면 좋게 대해 주지."

"……웃기고 있네. 곰 같이 생긴 게."

여태껏 발랄하던 소녀의 얼굴이 슬쩍 굳는다. 거대한 덩치와 강대한 패기를 가진 스타니슬라프에게 위협을 느꼈기 때문이리라.

[대면이 종료됩니다.]
[모든 플레이어가 모일 때까지 호출이 반복됩니다.]

우주 공간에 있던 원탁이 사라지고 어느새 난 황성 꼭대기에 돌아와 있다.

"이렇게 되면…… 일종의 전략 게임이 되는 건가."

그 전에는 턴제 RPG에 가까운 느낌이었다는 걸 생각하면 기묘한 변화. 다만 내 생각에 당장 다른 플레이어들과 싸울 거라는 생각이 들지 않는다.

"대륙이 너무 커. 내가 이 대륙을 제패했다고 하지만……
솔직히 들른 장소는 몇 군데 되지도 않을 정도니까."

대륙 하나하나가 절대 작지 않은데 그런 대륙이 1만 개나 되는 미친 규모의 행성이다. 심지어 그런 행성조차 하나가 아니라 4개.

전투기를 타고 다녀도 대륙 하나 둘러보기 힘든데 군대를 꾸려 다른 대륙을 쳐들어간다?

"어쩌면, 어쩌면 이 게임은."

"아주 긴 호흡을 지니고 있는 것 같죠? 최소 수백 년에 어쩌면 천년 이상이요."

"……!"

느닷없는 목소리에 전신에 근력장을 휘감으며 등에 메고 있던 신검, [권위]를 들어 올린다.

휘오오!!

권능이 발현되자 무지막지한 기세가 뿜어지기 시작한다. 고작 [근력]의 형태로 휘두를 때와는 차원이 다른 활용!

"진정하세요. 형님."

그러나 나는 이내 살기를 가라앉혔다. 내 옆에 등장한 사내의 모습을 확인했기 때문이다.

"……금낭?"

"어후. 찾느라 고생했어요."

변해 버린 황도를 배경으로 금낭이 배시시 웃고 있었다.

* * *

감당하기 힘든 졸음을 느낀 랜슬롯이 다음 던전에 들어가려던 걸음을 멈추고 깊이 한숨을 내쉬었다. 그의 상태를 확인한 크루제가 달려와 그의 상태를 확인한다.

"야. 괜찮아? 조금 쉬고 오자."

"육체가 아니라 정신이 문제이니 소용없는 일이야. 몽환의 미궁은 정신을 안정화시키기엔 좋지 않은 장소니."

"그럼 나가서 쉬면 되잖아."

"그렇게 되면 미궁의 시간이 너무 빨리 흘러. 황제급 던전이 더 풀리게 될 테지."

지친 표정으로도 차분히 거절하는 랜슬롯의 모습에 크루제가 버럭 소리를 지른다.

"아, 시발. 네가 힘들잖아! 우리가 무슨 우주의 수호자야? 작작해!"

분노한 그녀의 모습에 랜슬롯이 피식 웃으며 그녀의 머리를 쓰다듬었다.

"할 만해서 하는 거니 화내지 마. 나, 아무리 죽어도 살아나는 거 몰라?"

"알긴 하지만……."

이미 숱한 그의 죽음을 목격한 크루제는 잠시 뻐끔거리다 깊이 한숨 쉬었다.

"아이고, 이 화상아…… 내가 휴식기를 만들었으니까 거기에 들어가 있어. 영혼과 정신의 부하를 완전히 없앨 수는 없지만 어느 정도의 리프레시는 할 수 있을 거야."

"……음? 그런 게 있나?"

"필멸자면 그냥 여기에서 살 수도 있을걸. 대신 영성이 거대하면 회복 효율이 떨어져. 초월자만 돼도 맘에 안 들 정도니 너한텐 그냥 낮잠 정도의 효과밖에 없을 거야."

"늘 생각하는 거지만 신기하네. 어떤 원리인데?"

"영혼에 쌓이는 피로가 정신과 밀접한 연관이 있다는 건 알지? 그런데 이 정신의 피로라는 건 차원과 시간의 영향을 받아. 우로보로스에서 본 [차원 이동과 정신의 항상성]이라는 논문에서 한 실험에 따르면……."

그걸 시작으로 크루제가 이런저런 설명을 쏟아 내기 시작한다. 나름 귀를 기울인 랜슬롯이었지만, 어느 순간 단 한마디도 알아들을 수 없다.

'이젠 진짜 이해조차 어려운 영역으로 들어섰네. 하기야, 그러니 4문명의 캔들러족이 스카우트하려 드는 거겠지만.'

죽고 죽이는 싸움질이 전부인, 전투 계열로 초월했다는 걸 감안해도 지나치게 공격일변도의 그와 달리 크루제는 홀로 문명을 만들고, 발전시킬 수 있는 어마어마한 역량을 가지고 있다.

그에 반해, 랜슬롯은 유일한 장점인 전투마저 최근 들어 한계를 마주하고 있다.

'하.'

크루제가 걱정할까 두려워 마음속으로만 한탄한다.

'슬슬 한계야.'

불굴의 의지. 기적의 확률. 있을 수 없는 환경과 사건의 연속으로 그는 우주에서도 유일한 [특화된 무속성]을 가지게 되었다.

그의 의지가 다하지 않는 한.

그는 무한히 부활한다.

'그리고 참 다행히도 내 의지는 꽤 굳건한 편이지.'

얼마나 굳건한지 그와 싸운 적들은 그가 무한정, 무한하게 부활한다고 믿어 의심하지 않았을 정도.

그러나 무한으로 보인다고 해서.

그의 의지가 정말 무한하다는 뜻은 아니다.

'차라리 나를 단숨에 죽여 버릴 정도의 강자들이 적이면 좀 나았을 텐데.'

그를 단숨에 죽여 버리는 강대한 적. 그를 억누르고,

그를 압박하는 거대한 적이라면 차라리 의지를 불태울 수 있다. 타고난 반골인 그는 공포에 억눌리는 대신 그것을 재료 삼아 불태우고, 절망에 주저앉는 대신 땅을 박차고 일어서는 존재이기 때문이다.

그러나 무한히 반복되는 무난한 전투 앞에서 그는 끊임없는 피로와 졸음에 시달려야 했다. 그뿐이 아니다.

'성장도 없지.'

사실 그가 황제 클래스는커녕 초월자가 된 것조차 기적이다.

그는 지독한 둔재(鈍才).

아니, 정확히 말하자면 어디에서나 흔히 볼 수 있는 범재(凡才)지만…… 우주에서도 한 줌의 한 줌밖에 되지 않는 초월자, 그리고 그 이상의 존재들 사이에서 그의 재능은 없는 것조차 다름없으니 치열한 투쟁을 반복해도 얻는 것 하나 없는 상태.

변하는 것도, 더 이상 얻을 것도 없으니 이 무한한 싸움에서 마음을 불태울 동력이 없다.

"차라리 혼자 다크스타를 잡으러 가 볼까?"

무심코 중얼거린 말에 크루제가 기겁한다.

"미친 소리 하지 마! 너 그러다 봉인당하면 어쩌려고 그래? 죽지도 살지도 못하고 영원으로 가는 거야!"

그의 부활 능력은 일견 무적으로 보이지만 너무 강대한

적을 상대하는 건 아무래도 위험한 일이다. 그에겐 유틸 능력이 부족하니 '자살조차 못 하게 만드는 적'을 상대하면 허망하게 제압될 위험이 있었기 때문이다.

물론 황제 클래스까지 올라선 그의 경지를 생각하면 대우주에 그럴 수 있는 존재는 흔치 않겠지만…… 신이라면 그 얼마 안 되는 존재에 충분히 들어가고도 남는다.

"헛소리 말고 쉬기나 해!"

"그래."

순순히 고개를 끄덕이곤 크루제가 허공에서 꺼낸 관 모양의 휴식기에 들어갔다.

문득 이 난장판의 원인인 인황의 모습이 떠오른다.

'한재연.'

그를 보는 순간 알 수 있었다.

동류(同類).

그러나 재연과 랜슬롯은 성향을 제외한 모든 것이 다르다. 가장 대표적으로는 재능이 그러하다.

온갖 천재를 보면서 고통받아 온 그조차 보면서 어이가 없을 정도의 괴물이지만.

그런 괴물이기에 이 세상을 지킬 수 있었다.

'아, 피곤하다. 진짜.'

피식 웃으며 두 눈을 감는다.

'빨리 좀 돌아와라.'

　　　　　　＊　＊　＊

쿠구궁! 쿠궁!

"으아아…… 맙소사."

"이런 미친……."

테라급 거대 전함, [울리]의 승무원들은 전함 내부를 뒤덮어 버리는 흑색의 구름을 보며 공포에 비명을 질렀다.

인간은 물론이고 엘프, 드워프 등의 요정족과 공룡족, 오우거, 웨어비스트 등의 비인들이 섞인 [생존 연대]는 과거라면 제국이라 불렸을지 모를 강대한 세력이었지만…….

그들의 기함이라 할 수 있는 [선지자]호는 단 한 명의 사내의 살기에 완전히 짓눌려 있었다.

"혜영. 관혜영. 이 바보 같은 녀석아……."

청년, 아니 어쩌면 소년으로까지 보이는 절세의 미남이 눈물을 쏟고 있다. 그의 품에는 그와 닮은 얼굴의 여인이 눈을 부릅 든 상태로 싸늘한 주검이 되어 있다.

수많은 피난민이 34지구에 자신의 몸을 의탁했다. 그 수가 어찌나 많은지 원래도 100억의 인구를 가지고 있던 34지구의 거주 인구가 10조를 넘어갔을 정도.

심지어 천이 넘는 초월자도 34지구로 자신의 소속을 옮겼다. 34지구의 어마어마한 인프라와 정의, 진실, 명예의 삼신이 아니었다면 절대 감당할 수 없었을 숫자.

그러나 반대로 34지구를 나서는 이들도 있었다.

"그냥 34지구에서 머물고 있으라니까……."

신들의 [떠밀]으로 수많은 초월자가 탄생했다. 사람들 사이에서는 우스갯소리로 [초월자 바겐세일]이라는 나올 정도.

그러나 그렇게 올라선 초월자들에게도 고민은 있으니 업이 부족해 그 이후의 성장이 힘들다는 것이었고.

야망이 있는 초월자들은 안전한 34지구를 벗어나 수많은 사람들을 [구원]함으로써 그것을 채우고자 했다.

"오, 오해였어요!"

그때 아름답게 생긴 엘프 여인 하나가 사내, 영민의 앞에 무릎을 꿇었다. 엘프 특유의 아름다운 외모와 비 맞은 버드나무 같은 처연함은 누구라도 시선을 줄 만한 종류의 것이다.

"우리를 도와주러 온 그녀였는데 우리 사이에 오해가 있었습니다! 기나긴 피난행으로 스트레스가 쌓여 있었고 또 우리는 워낙 여러 종족이 섞여 있어서……."

변명하는 엘프를 옆으로 밀며 거대한 덩치의 오우거가 앞으로 나선다.

"고의가 아니었소. 천살검귀. 전쟁터에서 흔히 벌어지는 비극일 뿐이지."

이어서 빛나는 망치를 든 드워프가 앞으로 나선다. 그의 표정이 딱딱하게 굳어 있다.

앞으로 나선 엘프, 오우거, 그리고 드워프인 그 모두가 초월자였지만…… 그럼에도 이 자리에 깔리는 살기에 털이 곤두선다.

"미안하오. 이 잘못은 우리가 반드시 보상하겠소이다. 초월병기 암흑살(暗黑殺)은 어떻소? 그대가 천살성이라고 하니……."

너무나 큰 보상에 분위기를 살피던 드워프들이 기겁한다.

"장군님! 고작 계집 하나 죽은 것에……."

"……닥쳐. 그럴 분위기 아니니, 빠져 있어."

"앗, 네."

몇 번 비슷한 상황에 처했을 때에는 내심 한 발 빠지며 자신의 말을 부추기던 장군의 정색에 부하가 깜짝 놀라 뒤로 물러난다.

촌극이라면 촌극이었지만 사내, 천살검귀(天殺劍鬼) 관영민은 고개조차 돌리지 않고 자신의 품에 안겨 있는 딸의 모습을 보았다.

착한 아이는 아니었다.

혜영은 어릴 적부터 말괄량이였고, 부모의 말을 죽어라 듣지 않는 반항아였다. 모든 걸 다 가질 수 있는 환경에도 바닥에서부터 스스로 일어나려 했다.

길을 돌아가고, 할 필요 없는 고생을 하고, 겪을 필요가 없는 수모를 겪는 모습에 속을 쓰리게 한 못난 딸.

그러나 아버지는 자신의 딸을 사랑했다.

긴 세월 살아오면서도 하나밖에 보지 못한 딸. 초월지경에 오른 뒤에야 집으로 돌아올 정도로 드높은 자존심을 가지고 있던 소녀.

쿠구구……

살기가 퍼져 나간다. 삼각형을 그리며 그를 포위하고 있던 오우거, 엘프, 드워프의 얼굴이 창백해진다.

"……미친. 똑같은 초월자인데."

"사죄한다고 하지 않았소! 천살검귀!"

"어리석은 선택하지 마시오! 우리 생존연대는 수천 척의 전함과 조 단위의 구성원을 품고 있는 단체요! 서로 협의를 한다면."

"협의. 그래, 협의할 수 있지."

천천히 움직인 손이 부릅뜨고 있던 혜영의 눈을 감긴다. 당차던 그녀도 짐작하지 못했을 것이다.

이 혼란의 시기에…… 몬스터도 아니고 같은 사람에게 죽게 될 것이라고는.

"이 사건이 정말 오해고, 고의가 아니었다면 말이지."
"그건."
쿠구구구구-----!
그때 관영민의 머리 위로 커다란 눈동자가 떠오른다.

[정의신이 당신들을 봅니다.]
[진실신이 당신들을 봅니다.]
[명예신이 당신들을 봅니다.]

"아, 이런, 미친. 신?"
"아, 아니 34지구에서 얼마나 떨어져 있는데 삼신이……."
"사도가 있다면 충분히 가능한 일이지. 나를 중심으로 일정 영역에 그들의 신성이 미치니까. 그리고…… 오해는 풀 필요도 없겠군. 정의신이 너희의 죄악을 비추고 있으니."

피눈물을 흘리며 영민이 웃었다.
"죽음을 움켜쥐고. 나타나라."
그의 등 뒤로 새까만 어둠이 몸을 일으킨다.
"하데스(Hades)."
"이익……! 공격해! 녀석을 죽여!!"
"움직여!!"
"전 승무원 전투 태세 발동……!"

"제길! 함선에 타지 못하게 막았어야 하는데……!"
쏟아지는 공격을 보며 영민이 생각했다.
'나는 여기까지군.'
이 자리에서 살아남더라도 그는 더 이상 세상의 구원자로, 탐험가로 활동할 수 없었다. 살기에 완전히 잡아먹힌 천살성의 마음에는 더 이상 사람들을 구하기 위한 측은지심이 남아 있지 않을 테니까.
'미안하게 되었다. 한재연.'
문득 언젠가 보았던 청년이 모습이 떠올랐다. 그녀의 딸이 조심스럽게 꺼냈던 이름, 어느새 우주적인 존재로 거듭나 버린 인류의 구원자.
휘오오오---!
하데스가 온몸을 휘감는 것을 느끼며 두 눈이 감긴다.
'뒤는 맡기겠다.'

* * *

1년이 지났다.
그리고 그 와중 눈치챈 사실이 있었다.
"역시 진짜 사람들이었군."
정확히 말하면 몬스터에게 죽은 사람들이 이 세계의 구성원으로 자리하고 있다. 아직 내가 아는 사람을 마주한

적은 없지만, 높은 직위나 강력한 힘을 가진 존재들 중에는 뉴스나 관련 자료에서 본 이들이 종종 등장하곤 했다.

'하지만 왜 굳이 이런 재활용을 했는지는 모르겠지만 말이야.'

아르데니아의 사람들도 내가 보기에는 영락없는 사람이다. 영혼이 느껴지는 건 물론이고 스스로 업을 쌓고, 영능을 수련하는 게 가능한 존재들.

이미 그런 생명체를 찍어 낼 수 있는 [그녀]가 굳이 대우주의 존재들을 활용한 이유가 그저 심심해서는 아닐 것이다.

"형님! 월드 레벨이 5가 되었어요!"

"퀘스트 엄청 빨리 미네. 난 아직도 4레벨인데."

"권능의 힘이죠. 형님도 거의 완성하신 것 같네요."

월드 레벨의 상승 조건은 [퀘스트 완료 경험치.]

나는 대륙을 제패한 내가 고작 4등이라는 사실에 황당해했지만 사실 그건 당연한 일이다. 대륙을 제패한 건 그냥 내가 한 것뿐이고, 레벨을 빨리 올리려면 퀘스트들을 열심히 해결해야 했으니까.

권능을 다루기 위한 수련으로 시간을 많이 빼는 나로서는 월드 레벨이 뒤처질 수밖에 없다.

"수련은 잘되고 계세요?"

"그래. 점점 더 익숙해지네. 특성인 [분신 생성]도 곧

구현할 수 있을 것 같고."

"그거 구현하면 퀘스트 돌릴 수 있어요!"

"얼른 해야지. 월드 레벨이 너무 밀리면 나는 강해도 대륙이 삼시간에 박살 날 수 있으니."

그러나 최근 들어 내면세계에 들어갈 때마다 기묘한 느낌이 든다.

신앙이…… 비정상적일 정도로 빠르게 늘고 있었다.

(열일하는 과금 기사 21권에서 계속)